「よくお似合いです」
エレインはにっこりと微笑んで言った。
ロノの正妻な皇女様。
帰ってくるクロノのために
お洒落に励む？
JN034962
クロの戦記9
異世界転移した僕が最強なのは
ベッドの上だけのようです

「お前、仕事、ない。帝国、不思議、仕事ないヤツ、偉い」
スー
ルー族と帝国の友好関係を築くために、クロノの下にやって来た幼な妻。帝国での暮らし方を模索中に、二人に意見を求める。
「スー！　そんなことを言っちゃ駄目だよッ！」
スノウ
レイラを母親のように慕うハーフエルフの少女。常識人として、二人に振り回されることに。

「……構わない。スーが無礼なのは知っている」
エリル・サルドメリク
ティリアの監視役である近衛騎士団団長。
特に仕事をするでもなく気楽にしていた所、
同年代の二人に捕まる。

「どうだい？　大きさはあたしの方が上だよ」
「ふん、スタイルは私の方が上だ」

クロの戦記９

異世界転移した僕が最強なのは
ベッドの上だけのようです

サイトウアユム

HJ文庫
1001

口絵・本文イラスト　むつみまさと

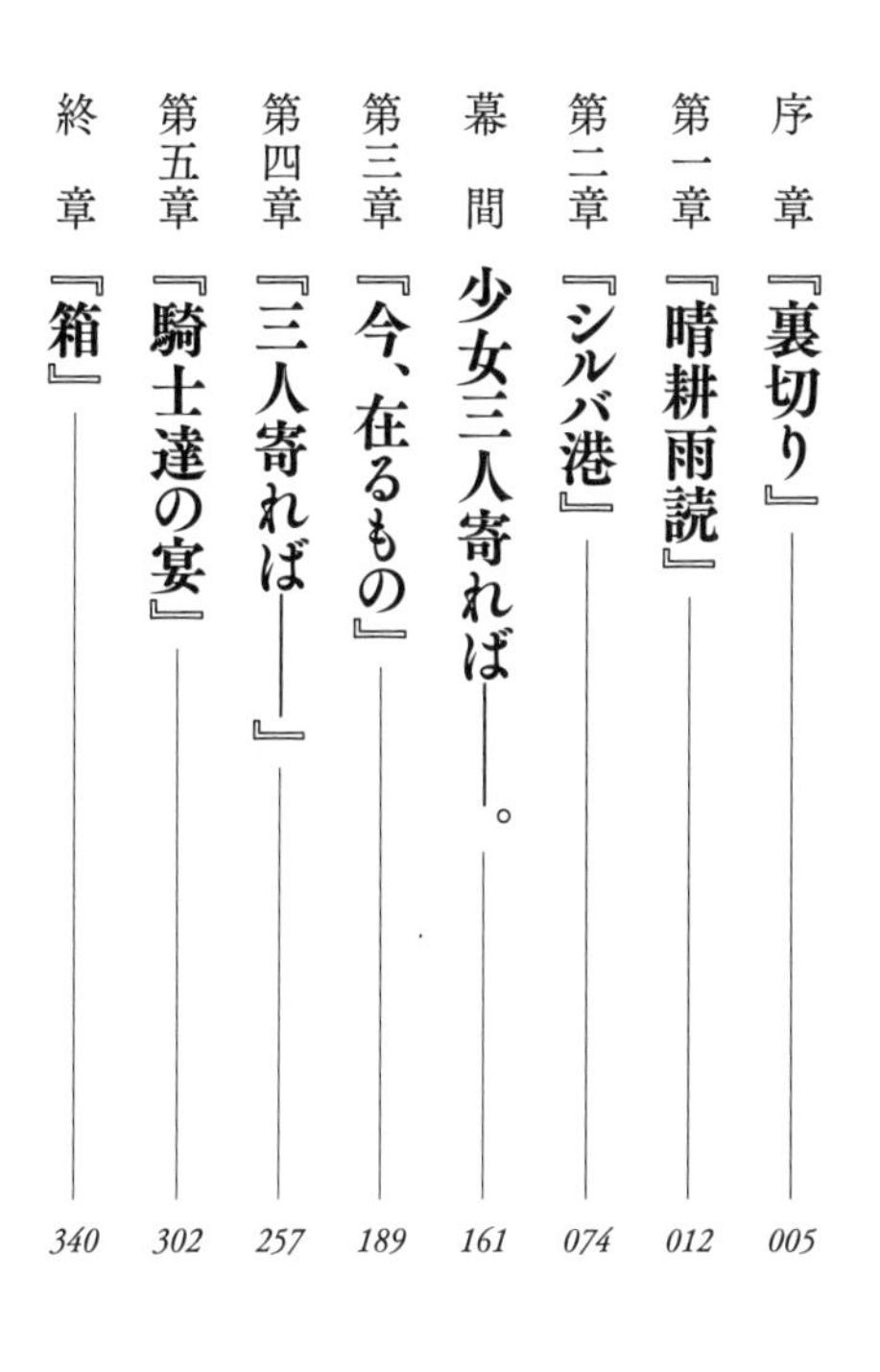

Record of Kurono's War
isekaiteni sita boku ga saikyou nanoha
bed no uedake no youdesu

序章『裏切り』

帝国暦四三一年八月 中旬 夜――ホールにチェンバロの音色が流れる。
穏やかな音色だ。風に揺れる麦の穂や川のせせらぎを思い起こさせる。
エレインはその音色に身を委ねるようにしてホールを回り、常連客と挨拶を交わした。
一通り挨拶を終え、カウンター席に見覚えのある男が座っていることに気付く。
ベイリー商会のエドワードだ。金払いが渋いので、好んで取引したい相手ではない。
それでも、過去に取引したのは自由都市国家群と強い繋がりを持っているからだ。
いや、イーメイの国家元首ソークというべきか。
無視したいが、無視して足を掬われるのも馬鹿馬鹿しい。
ゆっくりと歩み寄り、隣の席に座る。しばらくして――。
「久しぶりですね」
男――エドワードが穏やかな口調で言った。視線は手元のグラスに注がれている。
「ええ、久しぶり。貴方はもう私の店に来ないかと思っていたわ」

「それは早合点がすぎます」

「そうなの？」

「自由都市国家群は一枚岩ではありません。貴方やシフ、アルジャインに思惑があったように私どもにも思惑があります」

　そう言って、エドワードは懐から革袋を取り出した。

「それは？」

「情報料です。エラキス侯爵領に着いたばかりで右も左も分からないものですから」

　エレインがあえて尋ねると、エドワードは困ったように眉根を寄せて言った。

「申し訳ないけど……」

「情報を提供できない理由でも？」

「私はシナー貿易組合の組合長なのよ？　商売上、口にできないこともあるわ」

「なるほど、そういうことですか」

　エドワードは合点がいったとばかりに頷き、革袋を懐にしまった。

　嘘ではない。だが、それ以上に小間使いとして扱われたくないという思いがあった。

「では、世間話なんてどうでしょう？」

「それなら付き合うわ。でも、何から話そうかしら？」

「あくまで世間話ですからそう気負わずに」

「それもそうね」

　くすっと笑う。すると、バーテンダーがワインをグラスに注いでカウンターに置いた。

「不自然な切り出し方だけど……。知ってる？　クロノ様が戻ってくるそうよ」

「ええ、存じています。何でもルー族を恭順させることに成功したとか。そういえばクロノ様が南辺境に行っている間、騎兵隊長が代理を務めていたと聞きましたが？」

「ケイン様のことね。二度目ということもあって上手く代理を務めているけど、個人的には皇女殿下が代理を務めるべきだと思うわ」

「体調を崩された皇女殿下に無理をさせたくないのでしょう」

「もしくは自由を満喫させてやりたかったかね」

「ああ、そういう考え方もできますね」

　エドワードが苦笑し、エレインはあることに気付いた。

　いや、ある疑念を抱いたというべきか。平静を装いつつ次の話題を切り出す。

「ハマル子爵の娘が軍を退役したそうよ」

「人付き合いが苦手という話も聞きますが……。これからどうするつもりでしょうね？」

「婚約しているという話も聞かないし、行儀見習いでもするんじゃないかしら？」

エレインはグラスを傾けながら応じた。エドワードの言葉に疑念が強まる。

だが、確信には至らない。会話を重ねる必要がある。

「話は変わるけど、神聖アルゴ王国はどう？　ちょっとばたついていると聞くけど……」

「あそこは落ち着いている方が珍しいですよ。建国以来、王室派と神殿派で主導権争いをしているんですから。いっそのこと、内乱でも起きてくれればいいんですがね」

「あら、そんなことを言っていいの？」

「道義的にはマズいですが、正直な気持ちですよ」

エレインが悪戯っぽく言うと、エドワードは大仰に肩を竦めた。

「内乱が起きれば両陣営に物資を売って儲けられるものね？」

「神殿派に邪魔をされなければそうしたい所です」

「そうね」

自由都市国家群と神聖アルゴ王国を結ぶ街道は神殿派によって押さえられている。

迂回は可能だが、経由する領地が増えるほど通行税は嵩み、儲けは少なくなる。

自由都市国家群から王室派に物資を届けるのは現実的とは言えない。

だが、カド伯爵領に拠点を作れば話は別だ。

原生林を抜けて王室派に物資を届けられるようになる。

「神殿派といえば――」

エレインは別の話題を切り出し、それが終わるとまた別の話題を切り出した。

もちろん、全ての手札を曝すような真似はしない。

いくつかの情報――クロノが行商人組合を設立しようとしているなどは伏せる。

喉の渇きを覚えた頃、ようやく確信する。彼の情報は自身のそれよりも劣っていると。

同時にソークの思惑が見えてくる。ソークはエレインを利用したいと考えているのだ。

少なくともまだ未練がある。そう考えると、嫌がらせが手ぬるいことに合点がいく。

不意に会話が途切れ、エドワードがわずかに身動ぎした。いよいよ本題か。

「そろそろ、カド伯爵領の港が完成するようです」

「そうみたいね。社屋の完成が間に合ってよかったわ」

「はは、羨ましい。私どもはすっかり出遅れてしまいました」

エドワードは参ったと言うように頭を掻いた。しかし、と続ける。

「このまま終わるつもりはありません。何とか挽回したいと考えています」

「それで、何をして欲しいの？」

「ミノタウロスとリザードマンの立ち退きに協力してもらえれば。あそこはシナー貿易組合の社屋が建っている場所ほどではないにしろ一等地です」

「確かに一等地を押さえれば優位に立てるわね。でも、それだと私に利益がないわ。貴方達は私に何をしてくれるのかしら？」

「私どもはシナー貿易組合と協力関係を築きたいと考えています」

「ああ、そういうこと」

「理解が早くて助かります」

エドワードは笑った。要するに協力して港の利権を独占しようと言っているのだ。いや、『港の利権を半分やるから今後も協力しろ』だろうか。悪くない取引だが——。

「少し考えさせて」

「いい取引だと思いますが？」

「だから、よく考えたいのよ」

「……分かりました。ですが、返事は早めにお願いします」

それで用は済んだのだろう。エドワードは会計を済ませると店を出ていった。

どうしようかしら？　とエレインはグラスを傾けた。

第一章『晴耕雨読』

朝――ティリアは小鳥の囀りで目を覚ました。実に爽やかな目覚めだ。何かいいことがありそうな気がする。体を起こすと、トントンという音が響いた。扉を叩く音だ。アリッサが髪を梳かしに来たのだろう。

「入れ」

「……失礼いたします」

ティリアが入室を許可すると、扉が開いた。予想通り、扉の向こうにいたのはアリッサだった。恭しく一礼して入室する。ティリアはベッドから下りて化粧台に向かった。イスに座り、化粧台の鏡を見る。当然のことながら鏡にはティリアが映っている。髪が乱れているが、よく寝たせいだろう。すっきりした顔をしている。アリッサがしずしずと歩み寄り、背後に立った。

「皇女殿下、おはようございます」

「うむ、おはよう」

「御髪を梳かせて頂きます」

「頼むぞ」

「……失礼いたします」

ティリアが鷹揚に頷くと、アリッサは断りを入れて引き出しから櫛を取り出した。丁寧に髪を梳かし始める。ふと疑問が湧き上がる。

「お前に髪を梳かしてもらうようになってどれくらいだ？」

「初めて御髪を梳かせて頂いたのは二月中旬のことでしたので半年ほどになります」

「そうか。もう半年か」

時間が経つのは早いものだとつくづく思う。早いといえば——。

「クロノが南辺境に発ってそろそろ三ヶ月半か」

「……はい」

ティリアがぽつりと呟くと、アリッサはやや間を置いて頷いた。

「手紙は来てないか？」

「いえ、残念ながら……」

「まったく、手紙くらい寄越せばいいものを」

「便りがないのはよい便りと申します」

「それは分かっているが、手紙くらい送ってくれてもいいだろう？　まったく、クロノは昔からこうなんだ。いつも私を苛々させる」

「皇女殿下は旦那様と軍学校の同期だったという話を伺いましたが、旦那様はどのような学生だったのでしょうか？」

「うむ、クロノは……」

ティリアは軍学校時代のクロノについて語ろうとして口を噤んだ。アリッサが丁寧に髪を梳かす、梳かす、梳かし続けて、不審に思ったのか手を止めた。

「皇女殿下？」

「どんな学生だったか不思議と印象に残ってないな」

「軍学校の同期だったのでは？」

「うん、同期だった。本当だぞ？　単に印象に残っていないだけで……」

ティリアがごにょごにょと呟くと、アリッサが再び髪を梳かし始めた。記憶を漁ってみるが、どうにも思い出せない。

「おかしいな。演習で負けた後のことならよく覚えているんだが……」

「演習以降の旦那様は如何でしたか？」

「よく逃げるヤツだと思った」

ぴたり、とアリッサが手を止める。といっても数秒のことだ。また髪を梳かし始める。
「私は話したかっただけなのに逃げられた」
「やはり、立場の差が……」
「それは分かるが、立場のことを考えて逃げ出すくらいなら演習で手心を加えてくれても
よかったんじゃないか？」
「それは……」
アリッサが口籠もるが、ティリアは無視して続けた。
「あとタイミングが悪い。私が会いたい時にいないし、話し掛けようとした時に限って邪
魔が入る。何なんだ、あれは」
「何なんだと言われましても……」
「とにかく、タイミングの悪い男なんだ」
ティリアはムカムカしながら言った。タイミングが悪いといえば初夜もだ。エラキス侯
爵領に来てからティリアはベッドでクロノが来るのを今か今かと待ち続け、もとい、クロ
ノに襲われるのではないかと気が気ではなかった。不安な夜を過ごし、せめて皇女として
誇り高く散ろうと覚悟を決めた。
にもかかわらず、クロノは来なかった。他の女と寝ていたのだ。結局、ティリアからア

プローチを掛けることになったが、タイミングさえ合えば皇女として気高く、花を散らすことができた。

そんなことを考えて溜息(ためいき)を吐(つ)く。いや、分かっている。クロノに手を出すつもりがなかったことはティリアが一番分かっている。むしろ、タイミングが悪かったのは自分だ。もっと早くクロノへの好意を自覚していたらと思う。そうすればハーフエルフ――レイラに先んじられることはなかった。こんな敗北感を抱かずに済んだ。

「あ～……」

「――ッ！」

ティリアががっくりと頭(こうべ)を垂れると、アリッサは手を止めた。

「どうかなさったのですか？」

「いや、何でもない」

「そう、ですか」

アリッサは今一つ納得(なっとく)していないようだが、ティリアが居住(いず)まいを正すと再び髪を梳かし始めた。いや、分かっている。分かっているのだ。好意を自覚していなかったとか、先んじられたとかそういう問題ではないのだ。

女として負けていると理解しているからこその敗北感だ。何しろ、ティリアは夜伽(よとぎ)の時に警戒される有様なのだ。夜伽＝コミュニケーション論が確かならばその前段階で失敗していたことになる。辛い。自分で蒔いた種とはいえ辛い。女のプライドを維持するのは大変だとつくづく思う。比較相手に男――ケイロン伯爵がいるのも辛い。

ここからどう挽回すればいいんだ？　とティリアは鏡を見た。腕を組み、胸を持ち上げてみる。大きさといい、形といい、自分の胸ながら見事だと思う。ま、まあ、流石に母乳は出ないが、駄乳と呼ばれるほどではない。鏡越しにアリッサを見る。どうだろう。大きさでは勝っているはずだが――。

「皇女殿下……」

「――ッ！　な、何だ⁉」

突然、アリッサに呼びかけられ、ティリアはびくっと体を震わせた。

「本日のご予定は？」

「食事を終えたら剣術の稽古だ。その後は……。そうだな、アリデッドとデネブが非番のはずだから二人を連れて露店を視察する」

「承知いたしました」

アリッサは静かに頷いた。

※

ティリアが着替えて食堂に行くと、誰もいなかった。席に着いて視線を巡らせる。隅々まで掃除が行き届いているが、一人きりのせいだろう。薄ら寒く感じる。しばらくして食堂と厨房を隔てる扉が開き、二人のメイドが出てきた。眼帯を付けたエルフとドワーフの二人組だ。銀のトレイを持っている。

「皇女殿下、お待たせいたしました」

「……うむ」

眼帯を付けたメイドが一礼し、ティリアは頷いた。二人がテーブルの上に料理を並べ始める。パンとスープ、サラダ、スクランブルエッグだ。対面の席にも同じ料理が並べられる。ティリアがスプーンを手に取ると、アリッサに連れられてサルドメリク子爵がやって来た。彼女は対面の席に座ると、パンを食べ始めた。もそり、もそりとあまり美味しくなさそうだ。そういえば——。

「最近、寝坊が増えたな」

「……それは違う。元々、私は寝坊することが多かった」

「そうか」

ティリアはスプーンでスープを掬い、口元に運んだ。味に深みが感じられない。女将ではなく、アリッサが作っているので仕方がないといえば仕方がない。

「どうして、寝坊しなくなったんだ？」

「……女将の料理を食べるため。女将の料理はとても美味しい」

「申し訳ございません」

料理が不味いと言われたと思ったのだろう。アリッサが肩を窄めて言った。

「……勘違いしないで欲しい。アリッサの料理は美味しい」

「ありがとうございます」

「……けれど、女将の料理はもっと美味しい」

「申し訳ございません」

アリッサが再び肩を窄めて言った。

「追い打ちを掛けるな」

「……追い打ちを掛けたつもりはない。フォローしたつもりだった。気分を害したのならば謝罪する。申し訳ない」

「いえ……」

サルドメリク子爵が淡々と言い、アリッサは伏し目がちになって応えた。

「そんなに食に拘りがあるのなら外に行って食べたらどうだ？」

「……無理」

サルドメリク子爵は小さく首を横に振った。

「どうしてだ？」

「……お金がない」

「お前は近衛騎士団の団長だろう？　給料もそれなりにもらっているはずだ」

「……言い直す。本を買ったせいでお金がなくなった」

「本？　本なら――」

「……普通の本ではない。魔術の歴史について記された本。そういう本はとても高い」

ふ～ん、とティリアは相槌を打った。言われてみればという気はする。本は決して安いものではない。稀覯本ならば尚更だろう。

「……ラマル五世陛下が生きていた時代が懐かしい」

「どうして、父上の名前が出てくるんだ？」

「……元々、サルドメリク子爵家は学者の家系。私は軍学校を出ていないが、魔術式やマジックアイテムの開発者としての実力を認められ、ラマル五世陛下の後押しで近衛騎士団の団長に就任した」

「なかなか無茶な人事をするものだな」

ティリアは自分のことを棚に上げて言った。だが、父は無茶な人事を通すだけの価値があると考えたのだろう。

「目的は透明性の確保と技術の流出を防ぐことか？」

「……その解釈で概ね間違いないと考える。ラマル五世陛下のお陰で私は予算を気にせずに研究に取り組むことができた。いい時代だった」

サルドメリク子爵はしみじみとした口調で言った。

「今は予算を気にする必要があるということか？」

「……違う。予算はない。全て自腹」

「どうしてだ？　魔術式やマジックアイテムの開発は帝国の利益になるじゃないか」

「……人間は感情で動く生き物。ラマル五世陛下がいなくなって不満が噴出した。アルコル宰相でも待遇を維持するのは難しかった」

「そうか。私と一緒だな」

「……違う」

「何だと⁉」

サルドメリク子爵がぼそっと言い、ティリアは思わず声を荒らげた。

「……私は近衛騎士団の団長、皇女殿下は第一皇位継承者。分不相応な地位に就いていた私と皇女殿下では立場が異なる。一緒にしてはいけない」

ぐぬぬ、とティリアは呻いた。言いたいことは分かるが、もっと気遣いが必要ではないだろうか。なるほど、不満が噴出する訳だ。

「……団長の地位を失う前に身の振り方を考えなければならない」

「待て、それは軍を辞めるということか？」

「……現状では研究ができない。だから、仕方がない」

「お前は父上から優遇されていたのだろう？　それなのに不義理すぎないか？」

「……ラマル五世陛下にはお世話になった。とても感謝している。だが、受けた恩は返した。それに、ラマル五世陛下はもういない」

「……」

ティリアは無言でサルドメリク子爵を見つめた。彼女の言うことはもっともだが、ドライすぎではなかろうか。この様子だと待遇次第で神聖アルゴ王国に行きかねない。仕方がない。少し探りを入れてみるか。

「それで、当てはあるのか？」

「……エラキス侯爵のもとで働ければと考えている。けど、安心して欲しい。皇女殿下には期待していない」

　ぐぬッ、とティリアは呻いた。まるでティリアに何の力もないみたいな言い草だ。クロノに提案することくらいできるんだぞ、と思いながら我慢して話を続ける。

「クロノの何処が気に入ったんだ？」

「……皇女殿下はエラキス侯爵をどう思う？」

「ど、どうって、愛してるぞ」

　きゃーッ、と歓声が上がる。二人のメイドの声だ。こんな所でクロノを愛していると言うことになるとはちょっと恥ずかしい。だが——。

「……そんなことは聞いていない。皇女殿下はとても残念」

「残念だと⁉」

「……エラキス侯爵はハシェルの南に畑を作っている」

「それくらい知ってる」

　ティリアはムッとして言い返した。クロノはハシェルの南に畑を作り、そこで砂糖の材料となるビートと紙の材料となる木を育てている。ビートだけでいいんじゃないかと思ったが、紙の材料となる木が枯渇することを懸念しているらしい。流石、異世界からやって来た男だ。目の付け所が違う。

「……エラキス侯爵は従来とは異なる方法で砂糖を作ろうとしている。これは既得権益を破壊する行為。紙や塩田も同様。とても開明的な人物。さらにドワーフに工房を与えて技術開発をしていることも踏まえて考えると、私も厚遇してくれる可能性が高い」

「そうか」

厚遇してもあっさり裏切りそうだな、とティリアはそんな感想を抱きながらスープを口元に運んだ。

※

カーン、カーンという音が響く。槌を打つ音だ。ゴルディの工房ではドワーフ達が忙しなく動き、紙の工房からは生臭い湯気が立ち上っている。さらに亜人達が会話をしながら庭園の一角——学校へと向かう。初めて訪れた時はもっと静かだったのに騒がしくなったものだ。だが、クロノがこの騒々しさをもたらしたと考えると悪い気はしない。

ティリアは木剣を中段に構えた。呼吸を整えて意識を集中する。仮想敵はケイロン伯爵だ。足を踏み出し、木剣を突き出す。狙いは首だ。だが、木剣は虚空を貫く。振り向き様に横薙ぎの一撃を放つ。木剣が空中にあった木の葉を切断するが——。

「駄目だな」

小さく頭を振る。以前戦った時、ケイロン伯爵は背後に回り込んで斬りつけてきた。そのことを踏まえて戦いをイメージしたのだが、どうもしっくりこない。自分の願望をイメージしている。そんな違和感がある。

「……だが、やれることはまだある」

ティリアは再び木剣を中段に構えた。足を踏み出して木剣を振り下ろす。数え切れないほど繰り返してきた型の一つだ。ケイロン伯爵の動きをイメージできなくても自身の動作を洗練させることはできる。同じ動作を反復しながら問題点を修正し、最適な動作を構築する。終わりの見えない、いや、終わりのない作業だ。

以前であればモチベーションを保てなかったに違いない。だが、今は目的がある。ケイロン伯爵を打ち破り、頭を踏んづけるという目的が。この目的を達成して初めて傷付いたプライドを癒すことができる。体がじっとりと汗ばんできた頃、木剣を手にした少年がやって来た。フェイの弟子――トニーだ。

「お前も稽古か？」

「うん、師匠の言いつけで。サボるとその分、技術が錆び付くって」

そう言って、トニーは木剣を構えた。以前に比べると大分マシになったが、改善すべき点は多い。ティリアは差し出がましいと思いながら声を掛けた。

「よければ稽古を付けてやるぞ？」

「それは遠慮しておくんだぜ」

「どうしてだ？」

ティリアが問いかけると、トニーは構えを解いた。

「他の人に教えてもらうと師匠が拗ねるんだよ」

「黙ってれば大丈夫なんじゃないか？」

「そう思いたいけど、師匠は剣術に関して勘が働くからな～」

トニーはぽりぽりと頭を掻いた。

「やっぱり、止めておくんだぜ」

「そうか、お前は大変だな」

「師匠は、まあ、悪い人じゃないんだけどさ」

トニーは溜息交じりに言った。なかなか面倒臭い師弟関係のようだ。ここで話していいのか心配になる。だが、場所を変えるのも不自然だ。どうすればと考えたその時、侯爵邸からサルドメリク子爵が出てきた。放置されていた木箱に座り、袋から本を取り出す。ナイスタイミングだ。

「トニー、頑張れよ」

「皇女殿下も。何を頑張るのか分からないけど」

ティリアはトニーに声を掛け、サルドメリク子爵のもとに向かった。ティリアに気付いたのだろう。こちらに視線を向ける。

「今、暇か？」

「……私は本を読むのに忙しい」

「本なら部屋で読めばいいじゃないか」

「……掃除が終わるまで外に出ているように言われた。掃除が終わり次第、部屋に戻る」

「なら少しは時間があるということだな」

「……」

サルドメリク子爵は無言で溜息を吐いた。そういう所だぞ、と心の中で突っ込む。

「私と戦ってみないか？」

「……断る。戦う理由がない」

「理由ならあるぞ。一度、お前と戦ってみたいと思ってたんだ」

「……」

サルドメリク子爵は無言だ。無言で溜息を吐いた。イラッとする。場所を変えるための方便だったが、彼女の態度で心が決まった。彼女とは肉体言語で話し合う必要がある。

「さあ、やるぞ」

「……私が本気を出したら侯爵邸が壊れる」

「なら練兵場に移動しよう。あそこなら問題ない」

「……その点には同意する。だが、断る。私には戦って得るものがない」

「お前が勝ったらクロノに推薦してやるぞ」

「……」

ティリアの言葉にサルドメリク子爵は目を細めた。値踏みするような目付きだ。ティリアにそれだけの力があるのか考えているのだろう。溜息を吐き、本を袋にしまう。どうやらやる気になってくれたようだ。

「……承知した。今の皇女殿下でもそれくらいの力はあると判断する」

「そういう所だぞ」

「……？」

堪らず突っ込みを入れると、サルドメリク子爵は小首を傾げた。ティリアは深々と溜息を吐き、木剣を肩に担いだ。

「まあ、いい。行くぞ」

「……承知した」

サルドメリク子爵が木箱から立ち上がり、ティリアは踵を返して歩き出した。侯爵邸の庭園を突っ切り、正門から敷地の外に出る。しばらく歩くと、そこは商業区だ。帝国有数の商会の支店が並ぶだけあって、とても静かなエリアだ。

その途中で足を止める。見慣れない店があったのだ。見上げると、シナー貿易組合二号店という看板があった。シナー貿易組合——クロノが出資している商会の名前だ。店の正面がガラス張りになっていて好奇心をくすぐられる。だが、まだオープンしていないようだ。仕方がない。オープンしてから来ることにしよう。そんなことを考えていると、何かがぶつかってきた。さらに一拍置いて——。

「……きゃッ」

可愛らしい悲鳴が上がる。振り返ると、サルドメリク子爵が尻餅をついていた。不満そうにティリアを睨み、のろのろと立ち上がる。

「済まなかった」

「……構わない。けど、これからは気を付けて欲しい」

「もちろんだ」

ティリアは頷き、サルドメリク子爵に背を向けて歩き出した。商業区を抜け、その先にある露店が立ち並ぶ広場へ。見慣れない露店を見つけ、駆け寄りたい衝動に駆られるが、ぐっと堪える。サルドメリク子爵に気を付けるよう言われたばかりだ。駆け寄ったら何を言われるか分からない。

それに、これからサルドメリク子爵と戦うのだ。何を売っているのか確かめるのはその後でいい。後ろ髪を引かれる思いで広場を通り過ぎ、居住区に入る。居住区はごちゃごちゃしている。家が建ち並んでいたかと思えば商店が忽然と姿を現すのだ。救貧院、元女将の店の前を通り、城門に辿り着く。すると――。

「皇女殿下、来た」

「珍しい」

狼の獣人――シロとハイイロが駆け寄ってきた。

「何処、行く？」

「遠く、危険」

「サルドメリク子爵と練兵場で模擬戦を行うつもりだ」

「「サルドメリク子爵？」」

「後ろにいるだろう」

シロとハイイロが首を傾げ、ティリアは振り返った。だが、そこにサルドメリク子爵の姿はなかった。途中でやる気がなくなって帰ってしまったのだろうか。

「『いた！』」

「何処だ？」

シロとハイイロが前方を指差し、ティリアは目を細めた。確かにいた。三、四十メートル離れた所をとぼとぼと歩いている。しばらくして――。

「………待たせた」

「息が切れてるぞ？」

「……問題ない」

サルドメリク子爵は肩で息をしながら答えた。侯爵邸から城門まで歩いただけで息も絶え絶えになるとは思わなかった。この程度の体力で戦えるのか心配になる。だが、ここで戦うのを止めようと言ったら不戦敗になってしまう。それだけはご免だ。

「じゃ、行くぞ」

「……承知した」

「気、付ける」

「外、危険、一杯」

シロとハイイロの声を背に受け、ティリア達は城門を通り抜けた。城壁沿いを進み、練兵場に向かう。途中で肩越しに背後を確認すると、またサルドメリク子爵との距離が開いていた。仕方なく新兵舎の前で立ち止まる。

サルドメリク子爵が追いつき、ティリアは声を掛けずに歩き出した。程なく練兵場に辿り着く。すると、そこではクロノの部下が木剣や木槍で打ち合っていた。これほど苛烈な訓練をしている大隊は近衛騎士団を除けばここくらいだろう。

「辛そうな顔をしてるんじゃねぇ！　死ぬ気でやれ！　死ぬ気でッ！」

練兵場に声が響く。クロノの留守を預かるミノタウロス――ミノの声だ。ティリア達に気付いたのだろう。ミノが駆け寄ってくる。

「皇女殿下、どうかしやしたか？」

「サルドメリク子爵と手合わせに来たんだ」

「サルドメリク子爵と？」

ミノは訝しげにサルドメリク子爵を見た。練兵場に着いたばかりだからだろう。軽く走った後のように呼吸が乱れている。

「大丈夫ですかい？」

「……心配はいらない」

う～ん、とミノは太い腕を組んで唸った。気持ちは分かる。こんなに息も絶え絶えの少女が戦えるのか心配なのだろう。

「分かりやした。けど、あまり無理はしないで下せぇ」

「……承知した。無理はしない」

「休憩！」

サルドメリク子爵が小さく頷き、ミノが声を張り上げた。声の大きさにびくっとしてしまう。もっとも、それはサルドメリク子爵が模擬戦闘をする！　周囲にいた亜人も一緒だ。

「皇女殿下とサルドメリク子爵が模擬戦闘をする！　それまで休憩だッ！」

「……休憩は城壁沿いでして欲しい。巻き込む恐れがある」

「城壁沿いに移動しろ！　巻き込まれるぞッ！」

サルドメリク子爵の忠告を聞き、ミノが再び声を張り上げる。亜人達はティリア達を囲むように動いていたが、ミノの命令に従って城壁に向かって歩き出す。

「……皇女殿下は城壁から離れて欲しい」

「分かった」

注文の多いヤツだ、と思いながらサルドメリク子爵の言葉に従う。十メートルほど距離を取り、ティリアはサルドメリク子爵に向き直った。彼女の背後にはミノ、その後ろには亜人達、さらにその後ろには城壁が聳え立つ。

「あっしが始めと言ったら始めて下せぇッ！」

「分かった！」

「……承知した」

ミノが声を張り上げ、ティリアとサルドメリク子爵は頷いた。反則や勝利条件を決めなくていいのだろうか。そんな疑問が脳裏を過る。いや、ティリアには神威術がある。ちょっとくらいのことで後れは取らない。

むしろ、不利なのはサルドメリク子爵だ。彼女の専門は魔術式とマジックアイテムの開発だ。しかも、普通に歩いているだけで息切れする体力のなさだ。細かな条件を定めたらティリアが戦わずして勝ってしまう。

「始めぇぇぇッ！」

ミノが戦いの開始を合図する。まず小手調べだ、とティリアは木剣を振った。

「……全力で行く。仮想人格起動、術式目録開示、術式選択・炎弾乱舞、軌道及び弾数変更──設定完了、術式解凍！」

「──ッ！」

ティリアは目を見開いた。いや、誰だって目を見開くだろう。炎の壁が忽然と姿を現したのだから。目を細める。炎の壁が揺らいだような気がしたのだ。違う。揺らいだのではない。こちらに傾いているのだ。

「神よ！」

ティリアは神威術・活性で身体能力を引き上げ、地面を蹴った。サルドメリク子爵との距離を詰めるためではない。横に――炎の壁から逃れるためだ。肌がちりちりと痛む。炎の壁が近づいてきているのだ。

これが炎弾乱舞だと？　ふざけるなッ！　と心の中で悪態を吐く。炎弾乱舞は複数の炎弾を放つ魔術だ。炎の壁を作り出す魔術ではない。地面を強く蹴る。着地のことなんて考えない。ただただ距離を取るための跳躍だ。地面に倒れ込むと同時に熱風が吹き寄せてきた。よかった。ぎりぎり炎の壁から逃れられたようだ。それにしても、なんて恐ろしい真似をするのか。自分でなければ死んでいた。

ティリアは体を起こし、あることに気付いた。髪の先端が焦げていた。よくも母上譲りの髪に、と唇を噛み締めて顔を上げる。揺らめく大気の向こうにサルドメリク子爵の姿が見えた。他にも何かが見える。目を細める。火花だ。青白い火花がサルドメリク子爵の周囲でバチバチと弾けている。

「……雷霆乱舞」

「殺す気かぁぁぁぁッ！」

青白い光の奔流が押し寄せ、ティリアは大声で叫んだ。

※

青白い光の奔流は土煙を上げながら突き進み、ティリア皇女を呑み込んだ。いや、土煙がもうもうと立ち込めているので呑み込んだ所は見ていない。だが、呑み込まれたと判断していいだろう。

「……勝利」

「いくら何でもやり過ぎですぜ！」

エリルが拳を突き上げると、ミノタウロスが悲鳴じみた声を上げた。

「……皇女殿下は戦いを求めていた」

あ、とエリルは声を上げた。しまった。これではエラキス侯爵に推薦してもらえない。

「……困った」

「困ったって……」

エリルがぼそっと呟くと、ミノタウロスが呻くように言った。亜人達がざわめく。どうかしたのだろうか。顔を上げる。すると、土煙の中に光が見えた。白い光だ。恐らく、神威術・聖盾。なるほど、あれで雷霆乱舞を防いだということか。だが、雷霆乱舞は雷撃を放つ魔術だ。直撃は防げても体が痺れているはずだ。

「……よかった。でも、勝負は勝負」

どんな魔術を使うべきか考えたその時、風が吹いた。土煙が押し流され、エリルは目を見開いた。土煙が晴れたそこにあったのは光の盾のみ。ティリア皇女はいない。

「……何処？」

「ここだッ！」

エリルが視線を巡らせると、声が響いた。ティリア皇女の声だ。声のした方を見る。風に流されていく土煙の中からティリア皇女が飛び出す所だった。ホッと息を吐く。殺さずに済んだことはもちろんだが、ティリア皇女は二十メートルも離れた所にいる。これだけ距離があれば魔術を放てる。

「根性ッ！」

ティリア皇女が叫び、何かを投げた。それは木剣だった。木剣はくるくると回転しながら近づいてきて、エリルの頭に直撃した。

※

木剣が直撃し、サルドメリク子爵はその場に倒れ込んだ。ぴくりとも動かないが、油断はしない。死んだふりをしている可能性がある。慎重に歩み寄ると、ミノがサルドメリク子爵の傍らに跪いた。こちらを見て、頭上で腕を交差する。どうやら、戦闘続行は不可能のようだ。ふぅ、とティリアは溜息を吐き、歩調を速めた。

「死ぬかと思ったぞ」

「あっしも死んだと思いやした」

ティリアが立ち止まって言うと、ミノは胸を撫で下ろした。

「サルドメリク子爵の様子はどうだ？」

「額に痣がありやすが、命に別状はないと思いやす」

「そうか。念のため病院に連れて行ってやってくれ」

「分かりやした。おい！　お前らッ！」

ミノは頷き、部下を呼んだ。ティリアは地面に落ちていた木剣を拾い上げた。どっと疲労が押し寄せる。場所を変えるための方便がとんだ大事になってしまった。だが、肉体言語で話し合うことができたし、これはこれで問題ないだろう。

「私はハシェルに戻る」

「へい、お疲れ様で」

ミノがぺこりと頭を下げ、ティリアはハシェルに向かって歩き出した。元来た道を辿って城門に戻る。すると、シロとハイイロが荷馬車のチェックをしていた。

「二人ともご苦労」

二人に声を掛けて城門を潜る。大通りを進むと、住人がこちらに視線を向ける。無理もない。全身が土に塗れているのだ。視線を向けるなという方が難しい。居住区を抜けて露店の並ぶ広場に出ると――。

「もしや、貴方は皇女殿下では？」

背後から声を掛けられた。振り返ると、地味な服に身を包んだ女が立っていた。見ず知らずの人間であれば人違いだと言って立ち去る所だが、見覚えがあった。

「エレイン・シナーか」

「私の名前を？」

女――エレインが驚いたように目を見開く。恐らく、演技だろう。

「うむ、何度か侯爵邸で見たからな」

「私のような者を記憶に留めて下さり、ありがとうございます」

「人として当然のことだ。礼を言う必要はない」

アーサー・ワイズマンの姿が脳裏を過る。だが、ティリアは当然のことができなかった記憶を心の奥底に封印しつつ頷いた。

「ところで、何の用だ？」

「お召し物が汚れていらっしゃったので、僭越ながらお声掛けさせて頂きました。よろしければ私の店にお立ち寄り下さい」

「店というのはシナー貿易組合二号店のことか？」

「よくご存じで」

「当然だ」

むふー、とティリアは鼻から息を吐いた。エレインが静かに口を開く。

「如何でしょう？」

「ありがたい申し出だが、金がない」

「今回はサービスさせて頂きます」

如何でしょう？　と問いかけるようにエレインは小首を傾げた。サービスと言っているものの、商人が無料で商品を提供するとは思えない。思惑があるはずだ。

「実を言いますと、商品の宣伝をしたいと考えておりまして」

「なるほど、そういうことか。そういうことならば言葉に甘えるとしよう」

「ありがとうございます。では、こちらへ」

　エレインが歩き出し、ティリアはその後に続いた。新しい露店で何が売られているのか気になったが、我慢して広場を横切る。エレインはシナー貿易組合二号店の前で止まると扉を開けた。ドアチャイムの澄んだ音が響く。

「どうぞ、お入り下さい」

「うむ、失礼する」

　ティリアは鷹揚に頷き、店に足を踏み入れた。歩きながら視線を巡らせる。オープンの準備をしているのだろう。数人の女性従業員が働いている。できるだけ邪魔をしないように店の中程まで進んで立ち止まる。

「如何でしょうか？」

「如何と言われても商会に入ったのは今日が初めてだからな」

　エレインの言葉に軽く肩を竦める。露店のことならかなり詳しいという自負があるのだが、商会のことは分からない。

「左様でございますか」

「だが、気付いたことはあるぞ。お前の店は服飾がメインなのだな」

　ティリアは視線を巡らせた。シナー貿易組合二号店には服を着た人形が何体も置かれている。縫製はしっかりしていて装飾も細やかだ。値段は——露店巡りをして培った感覚からすると高いように感じられる。

「香辛料などの取り扱いもございますが、当組合は立ち上げて間もないもので」

「既得権益を切り崩せずにいるということか」

エレインがそっと髪を掻き上げる。

「恥ずかしながら。ところで、皇女殿下はどのような服がお好みですか？」

「この店で一番安いもので構わん」

「それならばあちらになります」

エレインが手で店の奥を指し示す。うむ、とティリアは頷き、店の奥に向かった。店の奥には格子状の棚が据え付けられていた。棚によって服のデザインは異なるが、丁寧に折り畳まれて置かれている点は共通している。値段を確認し——。

「ふむ、ここの服は割安なのだな」

「こちらはフリースとなっております」

「フリース？」

「商品の規格をS、M、Lの三種に定めて作っております。フリースの売りは何と言っても価格です。規格を定め、作業を分担することで価格を抑えることに成功しました」

ティリアが鸚鵡返しに呟くと、エレインはフリースについて説明してくれた。

「もしかして、クロノのアイディアか？」

「はい、いいえ、皇女殿下」

「どっちなんだ？」

「元のアイディアはクロノ様になりますが──」

「なるほど、お前がクロノのアイディアを服飾に落とし込んだということか」

「はい、その通りです」

ティリアが言葉を遮って言うと、エレインは我が意を得たりとばかりに微笑んだ。

「……やっぱり、私の考えは正しかったじゃないか」

小さく呟く。以前──異なる世界から来たことを白状させた時、クロノは大した知識を持っていないと言った。だが、実際は価格破壊というべき現象を引き起こしている。

「皇女殿下？」

「いや、こっちの話だ」

エレインが気遣わしげに声を掛けてくるが、ティリアははぐらかした。棚に歩み寄ってブラウスに手を伸ばす。そこで手が汚れていることに気付いた。

「エレイン、水とタオルを用意してくれないか？」

「よろしければお湯を用意しますが？」

「いや、水でいい」

「承知いたしました」

エレインは恭しく一礼すると店の奥に向かった。

※

昼――ティリアは鏡を見つめた。試着室に据え付けられた姿見だ。そこにはスカートとブラウスを身に着けたティリアが映し出されている。壁に吊されたボレロを手に取り、くるりとその場で一回転する。試着室から出て、エレインに声を掛ける。

「決まったぞ」

「よくお似合いです」

エレインはにっこりと微笑んで言った。ちらりと彼女の傍らにある机を見る。そこには試着した服が山のように積まれている。

「試着しすぎただろうか？」

「皇女殿下に袖を通して頂き、職人達も喜んでいることと存じます」

「そうか」

ティリアは小さく頷いた。社交辞令だろうが、少しだけ気が楽になる。ふと汚れた軍服のことを思い出す。一旦、侯爵邸に戻るべきなのだろうが――。

「よろしければ侯爵邸にお届けしますが？」

「いいのか？」

「はい、侯爵邸に足を運ぶ口実になりますので」

エレインは小さく微笑んだ。こんなにべらべら思惑を口にしていいのだろうかと思ったが、これが彼女の手なのだろう。そもそも、彼女が本当のことを言っているかなんて分からないのだ。こちらが提案を受け入れやすいようにそれらしいことを口にしていると考えた方が自然だ。では、何故そんなことをするのか。恐らく、恩を売るためだ。思惑があるにせよ、これだけのことをしてもらったのだ。何かあった時にちょっとくらい便宜を図ってやろうという気になる。そんなことを考えていると、エレインが口を開いた。

「どうかなさいましたか？」

「お前は強かな商人だな」

「は？　はい、ありがとうございます」

エレインは困惑しているかのような素振りを見せながら頷いた。これが演技ならば大したものだ。もっとも、ティリアにそれを確かめる術はないが――。

「ところで、軍服は如何なさいますか？」

「そうだな。では、言葉に甘えるとしよう」

「承知いたしました」

「世話になった。また来るぞ」

「はい、またのご来店をお待ちしております」

　エレインが恭しく一礼し、ティリアは扉に向かった。途中で足を止めて振り返る。すると、エレインは不思議そうに小首を傾げた。

「どうかなさいましたか？」

「大したことじゃないんだが……。シナー貿易組合一号店は何処にあるんだ？」

「一号店はカド伯爵領にございます。と申しましてもあちらは飲食がメインですが」

「ふむ、一号店が飲食で、二号店が服飾か。なかなか面白い組み合わせだな」

「ありがとうございます」

「では、今度こそ失礼する」

「はい、またのお越しをお待ちしております」

　踵を返して歩き出す。すると、風が真横を吹き抜けた。いや、風ではない。人だ。女性従業員がティリアを追い抜いたのだ。女性従業員が扉を開ける。そんなことしなくてもと思ったが、厚意はありがたく受け取るべきだろう。

「ありがとう」

「またのご来店をお待ちしております」

ティリアは女性従業員に礼を言って店を出た。店を出ると、昼時ということもあってか芳ばしい匂いが漂っていた。新しい露店のことを思い出す。

「しかし、金が……」

ティリアは腕を組んだ。たっぷり十秒ほど悩み――。

「よし、行こう」

新しい露店で何が売っているのか確認することにした。明日も露店が営業しているとは限らない。ならば確認するしかない。露店のある広場に向かって歩き出した次の瞬間、軽い衝撃がティリアを貫いた。誰かとぶつかったのだ。

「これはこれは申し訳ないみたいな。ちょっとよそ見をしていて――うげッ」

「お姉ちゃんがぶつかってご免なさい。気を付けるように言い聞――うぐッ」

二人――アリデッドとデネブは呻いた。すぐに逃げ出すかと思いきやティリアを見つめたまま動かない。視線のみを動かして互いを見つめる。何度も瞬きをする。アイコンタクトを取っているようだ。合図をしたら同時に逃げようとかそんな感じに違いない。二人が静かに呼吸する。吸って吐いて、吸って吐いて、吸って――。

「「今ッ！」

二人は左右に跳んでそのまま駆け出した。だが、ガクンと動きを止める。ティリアが振り返って二人の首根っこを掴んだからだ。

「ぎゃひぃぃぃぃぃ！　非番だったのにあんまりだしッ！」

「しかも、あっさり捕まってるみたいなッ！」

二人が悲鳴じみた声を上げる。

「丁度いい所で会ったな」

「ひ、姫様、あたしらは仕事中みたいな」

「そ、そうだし」

「『非番だったのにあんまりだし』と言ったばかりだぞ」

ティリアは小さく溜息を吐いた。

「い、いや、あれは……。そう！　姫様と出くわして気が動転したみたいなッ！」

「そうだし！　気が動転して訳の分からないことを言ってしまったみたいなッ！」

「そうか。まあ、そういうこともあるだろう」

そんな訳あるかと思うが、口にはしない。その代わりに同意する。ここで突っ込んだらムキになると分かっているからだ。

「そう！　当番と非番を間違えることはよくあるみたいな！」

「そういう所があたしらのチャームポイントみたいな！」

案の定、二人は乗ってきた。上手いこと餌に食い付いたようだ。

「そういえば当番の日は買い食いをしたりするのか？」

「馬鹿を言っちゃいけませんみたいな」

「クロノ様の部下に当番の日に買い食いする不逞の輩はいないし」

「馬鹿なことを聞いて済まない」

「あたしらと姫様の仲だから許してあげるみたいな。でも、あたしらは――」

「……」

ティリアが謝罪すると、アリデッドは調子に乗って自分達が如何に優れた兵士なのかを語り始めた。デネブはといえば黙り込んでいる。

「つまり、あたしらは愛の――」

「口元に肉汁が付いているぞ？」

「――ッ！」

ティリアがぼそっと呟くと、アリデッドはハッとしたように口元を押さえた。あ～、とデネブが声を上げる。

「おかしいな？　クロノの部下に当番の日に買い食いをする不逞の輩はいないのだろう？」

「そ、それは……」

「お姉ちゃんの馬鹿」

「姉に向かって馬鹿とは何事――」

「喧嘩は止めろ」

アリデッドの言葉をティリアは遮った。自分達には喧嘩よりも大事なことがある。

「非番と分かったことだし、露店に行くぞ。もちろん、お前達の奢りだ」

「クロノ様、早く帰ってきて」

ティリアが首根っこを掴んだまま方向転換すると、二人は泣きそうな声で言った。

※

夕方――。

「新しい露店は期待外れだったな」

「人に奢らせておいてあんまりだし」

「十軒もハシゴするとかありえないし」

ティリアは感想を口にすると、アリデッドとデネブはぶちぶちと文句を言った。

「さてと、陽も傾いてきたことだし」

「「解放してくれるの⁉」」

「香茶に決まってるだろ」

「「そうくると思ったし」」

アリデッドとデネブはがっくりと肩を落として歩き出した。露店を巡っている時に何度も逃げ出そうとしたが、ようやく心が折れたようだ。もっとも、明日になればまた反抗心を取り戻すだろうが。

「「ここで飲むし」」

「またここか」

二人が立ち止まり、ティリアは店を見上げた。女将の——現在はトニオというエルフの退役軍人が経営している店だ。二人はとぼとぼと店に歩み寄り、扉を開けた。

「いらっしゃ——って、お前らか」

「トニオ、今は軽口に付き合う余裕がないし」

「そうだし。あたしらの心はバキバキに折れてるみたいな」

トニオが落胆したかのように言うと、アリデッドとデネブは深々と溜息を吐いた。

「まあ、いい。空いている席に座りな」

トニオが顎をしゃくり、店内を指し示す。店内は閑散としていた。そこそこ儲かっているという話を聞いたような気がするが、嘘だったのだろうか。いや、客が寄りつかない時間帯という可能性もあるか。アリデッドとデネブはわざとらしく溜息を吐き、窓際のテーブル席に座った。ティリアは二人の対面に座る。

「一番安い香茶でいいか？」

「『それでお願いみたいな』」

トニオの問いかけに二人は溜息を吐くように答えた。突然、デネブがポーチに手を伸ばした。ポーチから紙と羽根ペン、インク壺まで取り出して文字を書き始める。

「何を書いてるんだ？」

「忘れないうちに姫様に奢らされたものをメモってるみたいな」

ふ〜ん、とティリアは相槌を打った。そこにトニオがやって来た。テーブルの上にカップを置き、カウンターに戻る。ティリアはカップを手に取り、口元に運んだ。茶葉の質がよくないのだろう。味が薄い。カップを置く。一秒、二秒、三秒、四秒、五秒――。

「『ふ〜んって、それだけですかみたいな⁉』」

突然、アリデッドとデネブが声を荒らげた。

「どうせ、すぐに精算できるんだろ?」

「これだから姫様は……」

「経理担当にぶちぶち文句を言われるこっちの身になって欲しいし」

「精算できるならいいじゃないか」

「「ふはッ、何たる言い草!」」

二人はがっくりと肩を落とした。そして、ちらちらとこちらに視線を向けてくる。ごによごにょと口を動かす。

「言いたいことがあるならはっきりと言え」

「姫様、あたしらはちゃんと働いてますみたいな」

「あたしらみたいな貧乏人に奢らせて心は痛みませんかみたいな」

「痛まないな」

「「ぐッ!」」

ティリアが即答すると、二人は苦しげに呻いた。

「こ、これが皇族……。搾取することに慣れきって心が麻痺してるみたいな」

「姫様も働けば……。そう! 働いて人の心を取り戻すみたいな!」

「私は十分働いたぞ」

「「──ッ！」」

ティリアが胸を張って言うと、二人は驚いたように目を見開いた。

「なんだ、その顔は？　私は皇女だぞ？　生まれた時から義務を果たしてきた」

「物は言い様って感じだし」

「今は学ばず、働かず、その意思もなさそうみたいな」

「失礼な。私は雨が降ったら本を読もうと思っていたぞ。晴耕雨読は人の基本だからな」

ティリアが言い返すと、二人は渋い顔をした。

「そんな贅沢な暮らし、あたしもしてみたいし」

「姫様には皇位継承権を取り戻すみたいな野心はないのみたいな」

二人はテーブルに突っ伏し、ぼやくように言った。多分、深い意味はないだろう。だから、深く考えずに答える。

「野心はないな」

「「へ～」」

二人は興味なさそうに相槌を打った。

「逆に聞きたいんだが、お前達は私が皇位継承権を取り戻したいと言ったら一緒に戦ってくれるのか？」

「馬鹿言ってもらっちゃ困りますみたいな」

「なんで、あたしらが姫様のために命を懸けなきゃいけないんですかみたいな」

二人はがばっと体を起こして言った。ぐぬ、とティリアは呻いた。予想していたとはいえ、面と向かって言われるとムカッとする。

「ちッ……。まあ、いい。これが私の分際なんだ」

「まあまあ、そこまで卑下しなくてもいいし」

「そうそう、今からでも心を入れ替えてくれればちょっと考えちゃうかもみたいな」

ティリアは二人を見つめた。

「姫様が優しくしてくれればあたしらは報いますみたいなッ！」

「これは未来への投資みたいな！　騙されたと思って優しくして欲しいしッ！」

「却下だ」

「「何故⁉」」

「優しくしてもクロノの方が優しかったとか言って踏み倒しそうだからだ」

「そ、そんなことないし」

「そ、そうだし。い、意外にあたしらは義理堅いみたいな」

ティリアが嫌みったらしく言うと、二人は視線を逸らしながら言った。クロノがいなくても投資した優しさを踏み倒されそうだ。

「そういえば姫様はクロノ様がいつ戻って来るか知ってるみたいな？」

「クロノ様のことが心配で夜も眠れないし」

「私も知らん」

ふぅ、とティリアは溜息を吐いた。その時、アリデッドとデネブが窓の方を見た。つられて見ると、住人が城門の方に走っていく所だった。もしかして――。胸が高鳴る。アリデッドとデネブの耳がぴく、ぴくッと動き――。

「「クロノ様が――」」

帰って来た！　と二人が口にするよりも速くティリアは店を飛び出した。城門に向かって走る。だが、遅い。遅すぎる。神威術を使いたいが、人通りが激しい。ぶつかったら大惨事だ。もどかしさに苛立ちながらようやく城門に辿り着く。だが、そこには人垣ができていた。人垣を掻き分けながら進み、何とか最前列に躍り出る。すると、箱馬車が城門を通り抜ける所だった。

ティリアに気付いたのだろう。御者――サッブが驚いたように目を見開き、手綱を引いた。箱馬車のスピードが落ち、やがて止まる。ティリアは胸を高鳴らせながらその時を待った。扉が開き、クロノが降りてくる。こちらに視線を向け――。

「ティリア、久しぶり」

「お前は……」

ティリアはがっくりと肩を落とした。こういう男だと分かっていたが――。

「他に何か言うことはないのか？」

「その服、何処で買ったの？」

「そんなことを言えとは――ッ！」

ムカッとして足を踏み出す。刹那、悪寒が背筋を駆け抜けた。反射的に跳び退ると、何かが降ってきた。少女だ。槍を持った少女が降ってきたのだ。

「クロノ、寄る、許さない」

「お前は誰だ!?」

「おれ、ルー族のスー、クロノの嫁」

むふー、と槍を持った少女――スーは鼻息も荒く言った。ティリアが睨み付けると、クロノはびくっと体を震わせた。

「クロノ！　説明しろッ！」

「は、はいッ！」

ティリアが叫ぶと、クロノは背筋を伸ばして言った。

※

夜――ティリアは化粧台の鏡を見つめた。鏡に映っているのはネグリジェ姿のティリアだ。前傾になったり、その場で一回転したりする。最後に一歩下がり、にっこりと笑ってみる。惚れ惚れするような笑みだ。これならばクロノも拘束しようと思わないはずだ。それにしても――。

「散々心配させた挙げ句、女連れで戻ってくるとは何なんだ」

ティリアは腕を組み、不満を口にした。確かに功績はすごい。南辺境の駐屯軍とエクロン男爵領自警団の衝突を防ぎ、敵対していた蛮族――ルー族を説得して共に歩むという決断をさせたのだから。これからのことを考えれば族長の娘を嫁として迎えるのも仕方がないと思う。だが、連絡くらいするべきではないだろうか。

「大体、クロノは……」

さらに文句を言おうとして口を噤む。言いたいことは山ほどあるが、今は我慢だ。何しろ、三ヶ月半ぶりの逢瀬なのだ。文句はたっぷり睦み合った後で言えばいい。

「よし！　出陣だッ！」

ティリアは拳を握り締め、部屋を出た。白々とした光が廊下を照らしている。マジックアイテムの光だ。緊張で心臓が早鐘を打つ。胸に手を当て、深呼吸をする。それで、少しだけ平常心を取り戻せた。そんな気がする。

クロノの部屋に向かって歩き出す。そのつもりだったが、歩調が少しずつ速まり、気が付くとスキップしていた。ハッとして足を止める。いけないいけない。いくら何でも浮かれすぎだ。浮かれすぎはよくない。

平常心だと自分に言い聞かせて廊下を進み、クロノの部屋の前で立ち止まる。扉の隙間から光が漏れている。よかった。クロノはまだ起きているようだ。部屋に入ると、クロノは机に向かっていた。仕事中らしくカリカリという音が響いている。アリッサが持ってきたのか、机の上には水差しとグラスが置いてあった。

邪魔してはいけない、と扉に寄り掛かり、壁際に長机があることに気付いた。その上には木箱が四つ置かれている。何だろう。不審に思いつつ再びクロノに視線を向ける。クロノはまだ気付いていない。仕方なく咳払いをする。すると、カリカリという音が止み、クロノが振り返った。

「いらっしゃい。待ってたんだよ」

「そ、そうか」

　クロノはイスから立ち上がって歩み寄ってきた。いつも『仕事中でござる』と言ってなかなか部屋に入れてくれないので浮き立つような気分になる。今日は拘束されずに済みそうだと考え、待てよと思い直す。

　あまりにできすぎている。クロノはこんなに優しい男だっただろうか。いや、クロノは優しい男ではない。何か企んでいるに違いないのだ。それに、と長机の上に置かれた木箱を見る。嫌な予感がする。いや、邪悪な気配を感じる。

「どうぞ、こちらに」

　クロノが手を引く。このまま従えたらどれだけいいだろう。だが、浮かれて墓穴を掘る訳にはいかないのだ。手を振り解き、クロノの肩を掴む。

「……クロノ、何を考えている？」

「な、何も考えてないよ」

　クロノは上擦った声で言った。それだけではない。視線も逸らしている。確定だ。クロノは何かを企んでいる。ティリアは優しく微笑みかけた。

「怒らないから言ってみろ」

「本当に？」

「もちろんだ」

「本当に怒らない？」

「ああ、本当に怒らないぞ」

「本当に本当に――」

「しつこい！」

「もう怒った」

ティリアが声を荒らげると、クロノはしょんぼりとした様子で言った。悪いことをしてしまったと思うが、これはクロノの策略だ。しょんぼりとしたふりをして罪悪感を植え付けようという魂胆なのだ。その手には乗らない。

「いいから言ってみろ。まあ、あの木箱に関係があるんだろうが……」

「流石、冴えてるね」

「誉めなくていいからさっさと言え」

ティリアが手を放すと、クロノは長机に歩み寄った。一番右の木箱に触れる。

「さて、この中身は――」

「説明もいらん」

「分かったよ」

　ティリアが言葉を遮って言うと、クロノは渋々という感じで木箱を持ち上げた。木箱の中から現れたのは丁寧に折り畳まれた布だった。

「それは何だ？」

「自分の目で確かめて下さい」

　ティリアは長机に歩み寄り、布を手に取った。持ち上げると、布が広がる。それはフリルの付いた白いエプロンだった。

「エプロン？」

「イエース！　さて、お次は──」

「もういい」

　ティリアはクロノの言葉を遮り、隣の木箱を持ち上げた。現れたのは手錠と足錠だ。拘束された時のことを思い出して顔を顰める。次だ、と木箱を背後に投げ捨てて、隣の木箱を持ち上げる。その中から現れたのは黒い布だ。

「これは？」

　布を摘まんで持ち上げると、それはショーツだった。長机を見る。黒い布がもう一枚ある。ショーツを長机に置き、もう一枚の黒い布を摘まんで持ち上げる。こちらはブラジャーだ。ブラジャーを長机に叩き付け、最後の木箱を持ち上げる。

「……軍服」

ティリアは顔を顰めた。しかも、白い軍服だ。以前着ていた軍服に似ている。

「私のじゃないだろうな？」

「まさか、ちゃんと帝都で買ったものだよ」

「そうなのか？」

軍服を広げて観察する。確かに軍服に似ているが、細部はかなり異なる。ふとティリアは長机の上に紙の束が置かれていることに気付いた。軍服を長机に置き、紙の束を手に取る。文章が書かれている。小説だろうか。

「これは何だ？」

「読んでみて」

「くッ、殺せ！　私は誉れある――」

「音読はしなくていいから」

「そうか？　どれどれ」

ティリアは目で紙に書かれた文字を追った。十ページほど読み――。

「どう？」

クロノがおずおずと感想を尋ねてきた。ティリアはにっこりと微笑み――。

「ふん！」

「ぎゃぁぁぁッ！」

紙の束を真っ二つに引き裂いた。すると、クロノは悲鳴を上げた。さらに――。

「ふんッ！」

「ひぃぃぃぃぃッ！」

紙を重ねて引き裂く。クロノが再び悲鳴を上げた。神よ、と呟いて紙を投げ捨てる。すると、白い炎が紙に灯り、一気に燃え上がった。

「ひ、ひどい！　あんまりだッ！」

クロノは床に這い蹲り、灰を掻き集めた。哀れな姿だ。だが、愛する気持ちが冷めてしまったかといえばそうではない。恋は盲目とはよくぞ言ったものだ。

「ど、どうして、こんなことを？」

「クロノ、いいか？」

ティリアはクロノを見下ろし――。

「自作のエロ小説を私に読ませるな！」

「だって、囚われた女軍人と尋問官プレイをしたくて……」

クロノは俯いて肩を揺らした。多分、嘘泣きだ。ティリアは小さく溜息を吐き、長机を見た。エプロン、手錠と足錠、黒いショーツとブラジャー、そして、軍服。

「つまり、どれかを選べと？」

「選んでくれる？」

「断る！」

「どうして⁉」

「こんなものに頼らなくてもいいだろ」

ふん、とティリアは鼻を鳴らしてベッドに腰を下ろした。

「クロノ、来い」

「……はい」

クロノは立ち上がり、近づいてきた。ただし、少しずつだ。どうやら警戒しているようだ。二度も襲ってしまったのだから無理もない。

「クロノ？」

「――ッ！」

声を掛けると、クロノは足を止めた。怯えているようだ。少し傷付く。だが、仕方がない。自分で蒔いた種なのだ。責任を持って収穫すべきだ。

「クロノ、私は反省したんだ」

「何を？」

「気持ちを暴走させてクロノを襲ってしまったことをだ。私は他の女と同じく、クロノとマイルドに愛し合いたいと思っている。私にやり直すチャンスをくれないだろうか？」

「やり直すって、何処から？」

「もちろん、き、キスからだ」

ティリアは頬が熱くなるのを感じながら言った。

「キスから？」

「そう、キスからだ」

「……それなら」

クロノはやや間を置いて頷いた。警戒心が緩んだのだろう。大股で近づいてくる。クロノが立ち止まり、ティリアはおとがいを逸らした。少しずつ少しずつ二人の距離が詰まっていく。そして、唇が触れる寸前で——。

「——ッ！」

ティリアはクロノをベッドに投げ飛ばしていた。クロノは目を白黒させているが、それは自分も同じだ。マイルドに愛し合いたい。そう思っていたはずなのに。後悔は苦い。だが、後悔しながらもティリアはクロノを組み敷いていた。

「キスからやり直すんじゃなかったの⁉」

「うむ、キスからやり直したいと思っていた。だが、私の本能はクロノを襲うことを選んだようだ。弱い私を――何ぃぃぃッ！」

ティリアは叫んだ。クロノが、組み敷かれて蹂躙されるのを待つしかなかったクロノが仰け反ってティリアを跳ね上げたのだ。空中で目を見開く。漆黒の光が蛮族の戦化粧のようにクロノを彩っていたのだ。刻印術――蛮族が六色の精霊と同化するために編み出した呪法だ。尻からベッドの上に落ち、クロノに組み敷かれる。

「ふふふ、僕の勝ちみたいだね」

「くッ、まさか刻印術を習得していたとは。何故……」

黙っていた？という言葉をすんでの所で呑み込む。口にするまでもない。この時のために黙っていたのだ。だが――。

「甘いぞ！　私には神威術があるッ！」

白い光が立ち上り、身体能力が強化される。一気に押し返そうとするが、クロノも負けじと力を込める。一進一退の攻防が続く。だが、戦いの趨勢はティリアに傾き始めた。少しずつ少しずつクロノを押し返していく。

「どうした？　もうおしまいか？」

「ぐッ……」

クロノが口惜しげに歯噛みした次の瞬間、ミシッという音が響いた。ティリアは力を緩め、その場から飛び退いた。すると——。

「痛ぁぁぁぁッ！」

クロノは叫び声を上げ、ベッドから転がり落ちた。痛みにのたうち回っているのか、バタバタという音が響く。不意に音が止み、ティリアはベッドから身を乗り出した。クロノは仰向けの状態で床に横たわっていた。ちなみに刻印は消えている。

「大丈夫か？」

「体が超痛いです」

そう言って、クロノはよろよろと体を起こした。どうやら刻印術を使うと、体に過度の負荷が掛かるようだ。所詮は蛮族の呪法と言いたい所だが、神威術にも副作用はある。精霊の力も神の力も人の身には過ぎたものということなのだろう。

クロノは小さく溜息を吐き、足を踏み出した。こちら——ベッドの方にではない。机の方にだ。そのまま机に歩み寄り、水差しとグラスを手に取る。

「何が入ってるんだ？」

「香茶だよ。ティリアも飲む？」

「うむ、頂こう」

ティリアが体を起こしてベッドの縁に座ると、クロノは水差しとグラスを持ってやって来た。目の前で香茶を注ぎ、グラスを差し出す。

「どうぞ」

「済まんな」

ティリアはグラスを受け取り、口元に運んだ。一口飲むと、爽やかな味が広がった。運動したばかりということもあって一気に飲み干してしまう。クロノがいそいそと空になったグラスに香茶を注ぐ。

「どうぞ」

うむ、と頷いて香茶を飲む。すると、クロノはまたしても香茶を注いだ。折角、注いでもらったのだからと香茶を飲む。

「どうぞ」

「四杯目はいらないからな」

釘を刺して三杯目の香茶を飲み、空になったグラスを返す。クロノはグラスを受け取ると、水差しと一緒にサイドテーブルに置いた。

「さて、するぞ」

「その前に手錠と足錠を」

「またか。どうして、お前は私を拘束したがるんだ」

「信じて投げ飛ばされたばかりなんだけど……」

「ぐッ……」

クロノが溜息交じりに言い、ティリアは呻いた。呻くしかない。

「分かった。ただし、後ろ手に拘束するのはなしだ」

「うん、分かった」

ティリアが両手を差し出すと、クロノはサイドテーブルの引き出しから手錠と足錠を取り出した。内心首を傾げる。手錠と足錠は長机の上にあったはずだ。それなのに、どうしてサイドテーブルの引き出しにあるのだろう。だが、疑問を口にする間もなくクロノはティリアに手錠と足錠をかけてしまった。さらに何を考えているのか窓を開けた。冷たい風が吹き込み、ティリアはぶるりと身を震わせた。

「クロノ、窓を閉めろ」

「僕は暑いんだけどな」

クロノは拗ねたように唇を尖らせ、窓を閉めた。だが、一旦下がった室温はそう簡単に戻らない。身を縮めて耐えるしかない。

「隣に座るよ」

そう言って、クロノが隣に座る。だが、何もしてこない。

「何もしないのか？」

「もう少し隣に座っていたかったんだけど……」

クロノは距離を詰め、そっと下腹部を触り始めた。少しずつ力が強くなる。これは触っているのではなく押しているのでは？　と思ったが、口にはしない。下腹部を押されている内にある感覚が湧き上がってくる。その感覚は少しずつ大きくなる。

「……クロノ」

「な～に？」

名前を呼ぶと、クロノは優しげな声で応じた。

「実は、その……」

「聞こえないよ？」

「だから……」

あまりの恥ずかしさに蚊の鳴くような声になってしまう。その間もクロノは下腹部を押している。感覚がますます強くなる。このままではマズい。決壊してしまう。もう恥ずかしいなんて言っていられない。意を決して口を開く。

「だから、トイレだ！　トイレに行きたいんだッ！」

「そうなんだ」

「――――ッ！」

クロノが邪悪な笑みを浮かべ、ティリアは息を呑んだ。これはクロノの策略だ。最初からこうするつもりだったに違いない。それなのにまんまと策に嵌まってしまった。粗相するしかないのか。いや、諦めるのはまだ早い。この手錠はボタンを押せば外れるのだ。手錠を見下ろし、愕然とする。ボタンがなかった。

「クロノ、お前――きゃッ！」

ティリアは小さく悲鳴を上げた。クロノに押し倒されたのだ。手がショーツの中に潜り込み、刺激してはいけない場所を刺激する。

「止めろ、クロノ！　本当にマズいんだッ！」

「何がマズいの？」

「だから、漏れちゃ――って、私が漏らしたらお前も困るだろ⁉」

「――――ッ！」

ティリアが叫ぶと、クロノはハッとしたような表情を浮かべた。そして、サイドテーブルを見つめた。そこには水差しとグラスがある。嫌な予感がした。

第二章『シルバ港』

朝——ティリアはトントンという音で目を覚ました。もっとも、意識がはっきりしているとは言い難い。夢と現実の狭間で揺れ動いている状態だ。あと少しだけ眠っていたいと思えば再び夢の世界に旅立てるだろう。いや、違うか。目を覚ます理由がなければ再び夢の世界に旅立つことになる。こちらが正しい。

かつての自分であれば意地でも起きたことだろう。人の上に立つ者はまず自身を律しなければならないと信じていたからだ。だが、今のティリアは人の上に立つ者ではない。アルコルの策略によって皇位を奪われ、エラキス侯爵領に放逐された身だ。つまり、全ての義務から解き放たれた——自由の身なのだ。

だから、ちょっとくらい寝坊しても問題ない。理性と本能の意見が一致し、夢の世界へと誘われる。不意に昨夜の記憶が甦る。昨夜、クロノと睦み合った。拘束されるのは不満だったが——。

「水差しッ！」

「失礼いたします」

選択を迫られたことを思い出して飛び起きると、扉が開いた。扉を開けたのはアリッサだ。きょとんとした顔で動きを止めている。

「皇女殿下？」

「ああ、うん、入っていいぞ」

「失礼いたします」

アリッサが恭しく一礼して入室し、ティリアはベッドから下りて机に向かった。席に着くと、程なく気配を感じた。アリッサが背後に立ったのだろう。

「失礼いたします」

そう言って、アリッサは引き出しから化粧鏡を取り出して机の上に置いた。

「御髪を梳かせて頂きます」

「うむ、頼むぞ」

「失礼いたします」

アリッサは恭しく一礼してティリアの髪に触れた。そして、ブラシで丁寧に髪を梳かし始める。小さく溜息を吐く。何だか朝から疲れた。

「そういえば、クロノはどうしたんだ？」

「港の完成が近いとのことでカド伯爵領の視察に行かれました」

「ご苦労なことだな」

「はい、南辺境でも大変な目に遭ったということですので、少しくらいゆっくりされてもいいと思うのですが……」

手の動きが鈍る。化粧鏡で背後——アリッサの様子を確認する。すると、彼女は物憂げな表情を浮かべていた。何処となく色香を感じさせる。

「大変な目に遭ったということだが、どんな目に遭ったんだ？」

「ご存じないのですか？」

「大体のことは知っているが……。クロノは大事なことを言わないからな」

アリッサに問い返され、ティリアはぼやいた。

「シェーラから聞いた話になりますが……」

「シェーラ？　ああ、女将のことだな。それで構わん」

「それでは——」

アリッサは女将から聞いた南辺境での出来事を語り始めた。といっても女将は実家に戻っていたらしいのでクロノの話に比べると情報量が少ない。新しい情報といえばクロノが死の試練とやらを受けて死にかけたことと帝都でケイロン伯爵とデートして昼食をすっぽかしたことくらいだ。話を聞き終えて顔を顰める。

「まったく、どうして死にかけたことを黙っているんだ」

「それは分かりかねます」

ティリアがちょっとだけ苛々しながら言うと、アリッサは困ったように言った。しばらく無言で髪を梳かす。そして――。

「旦那様は皇女殿下に心配を掛けたくなかったのではないでしょうか？」

「そうか？」

「きっと、そうです」

ティリアが問い返すと、アリッサは語気を強めて言った。

「旦那様は愛する人に心配を掛けたくなかったのです」

「そ、そうか」

ティリアは頬を掻いた。化粧鏡を見ると、頬が朱に染まっていた。私に心配を掛けたくなかったのかと思い、待てよと思い直す。死の試練は一晩で刻印を施す儀式らしい。ということは――。

「いや、クロノは刻印のことを秘密にしておきたかっただけだ」

「それは……。何故でしょうか？」

「決まっている。私を陥れるためだ」

「……」

アリッサは無言だ。無言で髪を梳かしている。化粧鏡で確認すると、微妙な表情を浮かべていた。被害妄想と思っていそうだ。

「ところで、あの蛮族――ルー族の娘はどうした？」

「旦那様と一緒に食事をされた後は部屋で大人しくしています」

「そうか。上手く適応できればいいが……」

「適応ですか？」

「うむ、アレオス山地とは何もかも違うらしいからな」

アリッサが鸚鵡返しに呟き、ティリアは小さく頷いた。

「私もここに来た時は苦労したものだ」

「……」

アリッサは無言だった。化粧鏡を覗いて確認する。すると、驚いたような表情を浮かべていた。こういう時は哀れんでいるかのような表情を浮かべるべきではなかろうか。

「少し気に掛けてやった方がいいだろうか？」

「大丈夫ではないでしょうか」

「どうしてだ？」

「シェーラに懐いているようですから」

ほぅ、とティリアは感嘆の声を漏らした。エリルも懐いていたし、女将には子どもを引きつける魅力があるのだろう。子どもといえば――。

「お前の娘だが……」

「アリスンですか？　アリスンが何か？」

「アリスンは女将に懐いているか？」

「懐くも何も接点がありませんから。ああ、でも、シェーラが作ったお菓子を持って帰るととても喜んでくれます。いつか会ってお礼をしたいとも言ってました」

「ふむ、礼儀正しい子どもだな」

「ありがとうございます」

アリッサは喜色を滲ませて言った。しばらく無言で髪を梳かし、ぽつりと呟く。

「伺いたいことがあるのですが？」

「何だ？」

「扉を開けた時に水差しと叫んでいたようですが……」

ぐッ、とティリアは呻いた。どうやら、しっかり聞いていたようだ。

「うむ、昨夜のことだが……。何といえばいいのかクロノに香茶を勧められたんだ。何杯も勧められるのはおかしいと思ったのだが、断るのも悪いと思ってな」

「……はい」

アリッサはやや間を置いて返事をした。だが、どうしてクロノが香茶を勧めたのか分からないのだろう。困惑しているかのような響きがある。

「その後、拘束されて下腹部に触れられている内に襲ってきたんだ」

「旦那様が、ですか？」

「いや、尿意が」

「まさか──ッ！」

アリッサは息を呑んだ。よほど驚いたのか、髪を梳かす手が止まる。化粧鏡を覗き込んで表情を確認する。すると、彼女はうっとりとしたような表情を浮かべていた。

「その表情はおかしくないか？」

「──ッ！　申し訳ございません。手が止まってしまいました」

アリッサは息を呑み、慌てふためいた様子で再びティリアの髪を梳かし始めた。別に手が止まっていると指摘した訳ではないのだが──。

「皇女殿下は、いいえ、何でもありません。ですが、水差しと叫ばれた理由は分かりました」

「うむ、察しがよくて助かる」

ティリアは鷹揚に頷き、溜息を吐いた。断るのも悪いと思って香茶を飲んだが、今にして思えば断るべきだった。ああいう時、どうすればいいのだろう。

「アリッサならどうする？」

「わ、私ですか？」

「ああ、忌憚のない意見を聞かせてくれ」

「私は……」

アリッサは口籠もり、手を止めた。しばらくして意を決したように口を開く。

「だ、旦那様がどうしてもご覧になりたいと仰るのでしたらほ──」

「そっちじゃない」

「え⁉」

ティリアが言葉を遮って言うと、アリッサは驚いたように声を上げた。

「私は香茶を勧められた時にどう断るのかを聞きたかったんだ」

「は、初めからそう仰って頂ければ……」

化粧鏡を見ると、アリッサは恥ずかしそうに俯いていた。確かに言葉足らずだった。

「で、どうなんだ？」

「旦那様が手ずから淹れて下さった香茶であれば断れないと思います」

アリッサは困ったように眉根を寄せて言った。

「念のために言っておくが、さっきの話は内密にな？」

「承知いたしました」

アリッサが頷き、ティリアは小さく息を吐いた。窓の外を見る。カド伯爵領の視察に行ったということだが、今クロノはどの辺りにいるのだろう。

※

突き上げるような衝撃でクロノは目を覚ました。いや、まだ目を開けていないので覚醒したというべきか。目を開けようと思ったが、眠気に負けてうとうとし始める。再び衝撃に襲われ、バランスを崩して横に倒れる。幸いにも何かが支えてくれた。柔らかく、畳のような匂いがする。くんくんと匂いを嗅ぐと、ひッという音がした。何の音か確かめる間もなく横殴りの衝撃に襲われる。

反対側に倒れる。すると、また柔らかいものが支えてくれた。甘い匂いがする。眠い目を擦りながら体を起こして視線を巡らせる。そこは荷馬車の荷台だった。畳のような匂い

のした方にシオンが、甘い匂いのした方にエレインが座っている。対面にはゴルディの姿があった。ちなみにサッブは御者を務め、レイラ、フェイ、アルバ、グラブ、ゲイナーの五人は馬に乗って周囲を警戒している。さらにクロノ達が乗る荷馬車の後ろには数台の荷馬車が続く。

クロノは小さく頭を振った。起きたばかりだからか、それとも昨夜ティリアとハッスルしてあまり寝ていないせいか頭がボーッとする。だが、時間が経つにつれて意識がしっかりとしてくる。それに伴って記憶が鮮明になる。

そうだ。港が完成間近ということでカド伯爵領の視察をすることにしたのだ。港が完成した後のことをミノの父親――ハツ達に話してもらうためにシオンに同行をお願いし、港にクレーンを設置するということでゴルディの同行が決まり、侯爵邸を発つ段になって何処で聞きつけたのかエレインも同行することになった。

クロノは腕を擦った。衝撃がやってきた――シオンが座っている方の腕だ。

「腕が――」

「何処かにぶつけたんじゃない？」

エレインが言葉を遮るように言い、クロノは彼女に視線を向けた。彼女が着ているのは露出度の高いドレスではなく、地味な服だ。

「……エレインさん」

「何？」

名前を呼ぶと、エレインは短く応じた。何処か面白がっているような響きがある。

「昨日はティリアに服をありがとうございます」

「お店の宣伝のためだからお礼はいらないわ」

クロノが軽く頭を下げると、エレインは軽く肩を竦めた。

「宣伝の効果は？」

「何件か問い合わせが入ったわ」

「随分、早く効果が表れるんですね」

「まさか。クロノ様が南辺境に行っている間もこまめに宣伝をしてたのよ。もちろん、これも宣伝の一環。殿方は残念に思うかも知れないけど」

エレインは服を摘まみ、流し目でクロノを見た。色っぽい仕草だ。

「反応が薄いわね。傷付くわ」

「普段は見せない姿を見せてくれた方が嬉しいです」

「男って、皆同じようなことを言うのね」

エレインは呆れたように言った。不意に視界が翳る。振り返ると、フェイが荷馬車と併走していた。横目でこちらを見ている。

「どうかしたの?」

「どんな話をしているのか気になったのであります」

クロノが問いかけると、フェイはエレインに視線を向けながら答えた。

「エレイン殿に伺いたいことがあるのであります」

「私に答えられることなら」

「殿方と付き合う時の心構えを教えて頂きたいのであります」

「そうね」

エレインは思案するように腕を組んだ。ふと視線を感じて正面に向き直ると、レイラが荷馬車と併走していた。視線は進行方向に向いているが、意識はこちらに向いているのだろう。耳がぴくぴくと動いている。

「誠実に付き合うのが一番なんじゃないかしら?」

「そういう一般論を聞きたかったのではないであります」

フェイが不満そうに言い、レイラがホッと息を吐いた。直後、ぷッという音が響く。音のした方を見ると、サッブが小刻みに肩を揺らしていた。

「サッブさん、何か言いたいことがあるのでありますか?」

「いいえ、言いたいことなんてありゃしませんぜ」

「……ならいいであります」

フェイはやや間を置いて言い、エレインが小さく溜息を吐く。

「真面目に答えたつもりだったんだけど、具体的に何が聞きたいの？」

「殿方が喜んでお願いを聞いてくれるような――ずばり！　必殺技でありますッ！」

「ないわよ、そんなもの」

「ないでありますか、そうでありますか」

エレインが突き放すように言うと、フェイは項垂れて後方に下がっていった。レイラはといえばまだ聞き耳を立てている。エレインが小さく溜息を吐く。

「まったく、そんなものがあるのなら私が使ってるわ」

「そりゃそうですよね」

「そうよ。それに誠実にお付き合いをした方が楽しいわよ、きっと」

クロノが同意すると、エレインは溜息を吐くように言った。うんうん、とレイラは満足そうに頷いて荷馬車を追い越した。

「愛されてるわね」

「ええ、ありがたいことです」

エレインがしみじみとした口調で言い、クロノは頷いた。欠伸が込み上げる。手で口元を押さえて欠伸をすると、ゴルディが目を細めた。

「大分お疲れのようですな」

「南辺境から戻ってきたばかりだからね」

クロノは手の甲で目元を擦りながらゴルディに応じた。

「ゆっくり休んでもバチは当たらないと思いますぞ？」

「休みたいのは山々なんだけど、最後の視察から四ヶ月も経ってるから」

クロノは小さく溜息を吐いた。もちろん、港建設の指揮を執っているシルバのことは信用している。彼なら首尾よく港を完成させてくれるだろう。だが、どうしても不安を拭い去ることはできない。信用してないじゃないかと突っ込まれそうだが、これはもう性分としか言い様がない。

「そういえば、クレーンの件なんだけど……」

「何ですかな？」

「どれくらいで完成しそう？」

「現地で組み立てるだけですからな。まあ、半日もあれば」

「もう少し早くならない？」

「う～ん、そうですな」

　何故か、エレインがゴルディに問いかける。彼は難しそうに眉根を寄せ、伺いを立てるようにこちらに視線を向けてきた。クロノに任せるということか。

「どうして、早い方がいいんですか？」

「そろそろ、うちの船が港に到着する頃なのよ」

　クロノが尋ねると、エレインはしれっと言った。

「港はまだ完成してないんですが……」

「それは分かってるわ。でも、一番乗りがしたかったの」

　う～ん、とクロノは唸った。エレインの意図が今一つ分からない。だが、シナー貿易組合に出資していることを考えると少しくらい無理をしてもいいかなという気になる。それに港に不具合があるのならできるだけ早く改善したい。

「ゴルディ、お願いできる？」

「クレーンを組み立てる時間を短縮するのは難しいですな」

　ゴルディは腕を組み、やはり難しそうに眉根を寄せた。

「どうにかならないの？」

「そうですな～」

エレインの言葉にゴルディは髭をしごいた。

「質問なのですが、エレイン殿は一番に港を使いたいということでよろしいですかな？」

「ええ、そうよ」

「では、桟橋に設置する小型のクレーンを先に組み立てるということで如何ですかな？」

「そうすればすぐに荷下ろしができるってことね」

「その通りですぞ」

ゴルディは我が意を得たりと言わんばかりに口角を吊り上げた。

「如何ですかな？」

「そうね。それでお願いするわ」

「クロノ様は？」

ゴルディはクロノに視線を向けた。

「うん、それでよろしく」

「承りましたぞ」

ゴルディはドンッと胸を叩いた。会話が途切れ、車輪の音だけが響く。ふとシオンのことが気になった。会話に参加していないが、どうしたのだろう。隣を見ると、シオンは手を組んで俯いていた。思い詰めたような顔をしている。

「どうかしたの？」

「――ッ！」

声を掛けると、シオンは息を呑んでこちらに視線を向けた。だが――。

「い、いいえ、何でもありません」

口籠もり、再び俯いてしまった。何でもありませんという態度ではないし、それを見て放っておくほど無神経でもない。

「悩み事があるなら聞くよ？」

「……」

シオンは無言で俯いている。車輪の音がガラガラと響く。しばらくして――。

「実は、その、話を聞いてもらえるか不安で……」

シオンはごにょごにょと言った。そんなことかと思ったが、彼女は気が弱い。やはり初対面のミノタウロスと話すのは緊張するのだろう。

「そんなに悪い人達じゃないよ」

「ですが、気性が荒いと……」

誰に聞いたの？　という言葉をすんでの所で呑み込む。ちらりと馬車の後方を見る。そこにはフェイの姿がある。フェイかな？　と思ったが、どうもしっくりこない。誰から聞いたのか考えていると、シオンが口を開いた。

「クロノ様の副官――ミノさんがそう仰ってました」

「ああ、ミノさんか」

ようやく合点がいった。確かにミノなら言いそうだ。だが――。

「ミノさんはシオンさんを怖がらせようとしたんじゃなくて『気性は荒いけど、気を悪くしないで下さい』って言おうとしたんだよ」

「そう、でしょうか？」

「多分ね」

「多分、ですか」

シオンは俯き、心細そうに言った。

「まあ、でも、さっきのエレインさんの話じゃないけど、話を聞いてもらうためには誠実に向き合うしかないと思うんだよね。救貧院でもそうだったでしょ？」

「そう、ですね」

クロノの言葉にシオンは頷いたが、まだ俯いたままだ。救貧院の院長を務めて自信が付いたと思ったが、性分というものはなかなか変わらないらしい。

ははッ、とクロノは笑う。すると、シオンは恨めしそうにこちらを見た。

「どうして、笑うんですか？」

「いや、性分ってなかなか変わらないなと思って」

「……それが私ですから」

シオンは拗ねたように唇を尖らせた。

「それでいいと思うよ。今までそれでやってきて、シオンさん的にはどうか分からないけど、仕事も上手く回ってるんだからさ」

「そうでしょうか？」

照れているのか、シオンはクロノから目を背け、髪を掻き上げた。その時、エレインがくすくすと笑った。

「若いっていいわね。昔を思い出すわ」

「エレインさんも、その、不安だったりするんですか？」

「私だって人間だもの。新しく何かを始める時はいつだって不安よ」

シオンがおずおずと尋ねると、エレインは柔らかな口調で答えた。

「どうすればいいんでしょう」

「不安で堪らないと思うけど、まずは一歩を踏み出すことよ」

「一歩を……」

「そう、踏み出すの。踏み出してみれば何てことなかったりするものだし、失敗したと思ったら計画を練り直せばいいわ」

「ですが……」

シオンは体を起こし、もごもごと言った。よく聞き取れないが、失敗した時が不安なようだ。気持ちはよく分かる。

「そんなに心配しなくて大丈夫よ。失敗してもクロノ様が何とかしてくれるわ」

ね？　とエレインが問いかけてくる。流石に突き放すようなことは言えない。

「できるだけフォローするから」

「そこは『俺に任せろ』でしょ？」

「あまり大きな口を叩くのはちょっと……」

エレインが呆れたように言い、クロノは口籠もりつつ答えた。ぷッという音が響く。シオンが噴き出したのだ。視線を向ける。

「そう、ですよね。まずは一歩を踏み出してからですよね」

シオンは吹っ切れたように笑った。流石、エレインだ。裸一貫から娼婦ギルドのギルドマスターに登り詰めただけあって説得力が違う。もっとも、何処まで本心なのか分からないので不安といえば不安なのだが――。

「そろそろ着きやすぜ！」

サッブが声を張り上げた。荷馬車の進行方向に視線を向けると、五十戸近い家が立ち並んでいた。ミノタウロスの集落だ。その奥には倉庫のように大きなリザードマン達の宿泊施設が建っている。さらにその奥には三階建ての建物があり——。ん？　とクロノは首を傾げた。目を細めて三階建ての建物を見る。

「どうかしたの？」

「集落の奥にある建物なんですけど……」

「それがどうかしたの？」

「ものすごく洒落た建物なんですが？」

「当然よ。ものすごく拘って設計したんだもの」

ふふん、とエレインは鼻を鳴らした。

「あれ、社屋ですよね？」

「ええ、歴とした社屋よ」

「ものすごく洒落てるのに？」

「ものすごく洒落た社屋よ」

エレインは胸を張って言った。沈黙が舞い降りる。聞こえるのは車輪の音と鳥の鳴き声だけだ。エレインが堪えきれなくなったように口を開く。

「飲食店を兼ねてるわ」

「へ～、飲食店を」

「シナー貿易組合一号店よ」

エレインは誇らしげに言った。情報屋という肩書きがあることを考えれば飲食店を経営するのも不自然ではないような気がする。再び沈黙が舞い降りる。車輪の音と鳥の鳴き声が響く。ややあって――。

「紳士の社交場でもあるわ」

「もしかして、娼館ですか？」

「紳士の社交場よ。美味しいお酒と料理、歓談のスペースを提供するの。教養のある女性との知的な会話や恋の駆け引きなんかも楽しめるわ」

「娼館ですよね？」

「そういう言い方は好きじゃないわ」

クロノが力を込めて言うと、エレインは髪を掻き上げた。またもや沈黙が舞い降りる。

「………娼館とも呼ぶわ」

「なんで、素直に認めなかったんですか？」

「娼館って言ったら怒るでしょ？」

「怒りませんよ」

クロノはちょっとだけムッとして答えた。ただ、と続ける。

「嘆きはします」

クロノは腰を浮かせ――。

「真っ先に娼館ができちゃった！」

「そんな大声で叫ばなくてもいいじゃない」

四つん這いになって叫ぶと、エレインはぼやくように言った。彼女がぼやきたくなる気持ちは分かる。だが、だがしかし、港建設は大事業だったのだ。領主としてランドマーク的なものを建てたいという気持ちもあった。にもかかわらず、真っ先に娼館が建ってしまったのだ。大声で叫びたくもなる。

「娼館娼館って言うけど、地代は払ってるし、建築許可も取ってるでしょ？」

「二階建ての社屋って話だったじゃないですか」

「クロノ様が南辺境に行ってて連絡が取れなかったんだもの、仕方がないじゃない。それに、設計変更に関する条項は契約書に書かれてなかったわ」

「うう、悪魔」

「今まで何人もの男が同じ台詞を吐いたわ」

ふふん、とエレインは鼻で笑った。その時、衝撃が荷馬車を襲った。石に乗り上げたのだろうか。体を起こして周囲を見回すと、集落が間近に迫っていた。なるほど、そういうことか。集落が近づいてきたため荷馬車のスピードを落としたのだ。荷馬車はスピードを落としながら集落を進み、リザードマンの宿泊施設の前で止まった。立ち上がり、荷馬車の後部から飛び下りる。

改めて周囲を見回す。昼が近いせいだろうか。煙突から煙が上がり、芳ばしい匂いが漂っている。だが、ハツ達の姿はない。多分、港で作業をしているのだろう。突然、ドンッという音が響く。驚いて振り返ると、ゴルディが地面に蹲っていた。先程のドンッという音はゴルディが着地した音だったようだ。クロノの視線に気付いたのだろう。照れ臭そうに頭を掻いて立ち上がる。

「驚かせて申し訳ありませんな。槍働きをしなくなったせいか太ってしまいましてな」

「気にしなくていいよ」

「では、早速クレーンの組み立てに取りかかりますぞ」

「任せたよ」

「任されましたぞ」

そう言って、ゴルディはクロノの前を通り過ぎた。後続の荷馬車に大きく手を振りながら近づいていく。馬車が止まり、ドワーフ達が地面に飛び下りる。ドン、ドンッという音が断続的に響く。そのせいだろう。ミノタウロス達が扉を開けたり、窓を開けたりしてこちらを見ている。少し申し訳ない気分になる。

「手を貸して下さらない？」

声が降ってくる。顔を上げると、エレインが荷馬車の縁に立っていた。

「どうぞ」

「ありがとう」

クロノが手を差し出すと、エレインは手に触れて荷馬車から飛び下りた。軽やかなジャンプだ。手を貸す必要はなかったんじゃないかと思ったが、リオもデートした時に手を貸して欲しいと言っていたし、こういうことは形が大事なのだろう。

「シオンさんも」

「だ、大丈夫です！」

シオンに手を伸ばす。すると、彼女は両手を左右に振って言った。子どもっぽい、可愛らしい所作だ。えい！　とシオンは声を上げて荷台から飛び下りた。だが——。

「きゃッ！」

悲鳴を上げて尻餅をついた。バランスを崩してしまったのだ。思わず相好を崩す。尻餅をついた拍子にスカートが捲れ上がったのだ。それにしても見事なM字開脚だ。手を合わせて真っ白な太股とシンプルなショーツを拝みそうになる。

だが、拝みたい衝動をぐっと堪える。もちろん、舐めるように見たい衝動もだ。顔を背けると、また可愛らしい悲鳴が上がった。バサバサという音もだ。シオンがあられもない格好を曝していることに気付いてスカートを押さえたのだろう。

「シオン様、大丈夫ですか？」

声が響く。レイラの声だ。声のした方を見ると、レイラとフェイが近づいてくる所だった。レイラは馬から下りると手綱を荷馬車の荷台に結び付けた。そして、クロノの視界から消える。もう助け起こしただろうと考えて視線を向けると、シオンがレイラの手を取って立ち上がる所だった。

「あ、ありがとうございます」

「いえ、当然のことをしただけですから」

シオンが恥ずかしそうに礼を言い、レイラはいつもと変わらぬ様子で応じた。エレインが音もなく忍び寄り、肘でクロノの脇腹を突いた。

「よかったわね。バレなくて」

「何のことだか分かりません」

エレインが囁くような声音で言い、クロノは軽く肩を竦めた。そういうことにしてあげるわ、とエレインは笑った。

「さてと、港の視察に――」

「サップ殿、黒王とレイラ殿の馬を頼んだであります！」

フェイはクロノの言葉を遮るように叫ぶと下馬して手綱を荷馬車の荷台に結び付けた。

「分かりやした！」

「だったらうちの厩舎を使って。あと、私の名前を出せば店内で休ませてもらえるわ」

「だそうであります！」

フェイが声を張り上げ、クロノは溜息を吐いた。サップが体の向きを変え、こちらを見る。お伺いを立てているのだろう。クロノはエレインに向き直った。

「では、お言葉に甘えさせて頂きます」

「いいのよ。私達はビジネスパートナーなんだから」

エレインがにっこりと笑う。魅力的な笑顔だ。だが、忘れてはいけない。彼女は契約の穴を突いて娼館を建てる悪魔なのだ。

「サップ、行儀よくね？」

「分かってやす」

サップは歯を剥き出して笑い、正面に向き直った。

「アルバ、グラブ、ゲイナー、シナー貿易組合一号店まで移動するぞ」

「「「うっす！」」」

サップの言葉にアルバ、グラブ、ゲイナーが応じた。荷馬車が動き出し、二頭の馬が大人しく付いていく。馬は頭のよい生き物だと聞いたことがある。多分、クロノ達の会話を理解しているのだろう。

「さて、今度こそ港に――」

行こうと言いかけたその時、近くにあった家の扉が開いた。扉を開けたのはスカートを穿いたミノタウロス――ミノの妹アリアだ。アリアは驚いたように目を見開き、足早に歩み寄ってきた。

「クロノ様、お久しぶりです」

「アリア、久しぶり」

「まあ！　私の名前を？」

アリアが口元に手を当てて言った。

「ところで、今日はどのようなご用件でしょうか？」

「港が完成間近だって話を聞いて視察に来たんだよ。それと、ハッさん達と今後のことについて話し合おうと思ったんだけど……」

「父さん達は港に――あッ！　丁度、戻って来ました！　父さ～ん！　クロノ様が今後のことについて話し合いたいんですってッ！」

アリアが爪先立ちになり、大きく手を振った。流石、ミノタウロスというべきか。なかなかの声量だ。振り返ると、大勢のミノタウロスとリザードマンが階段を登り、こちらに向かってくる所だった。先頭に立つのは隻眼のミノタウロス――ミノの父親ハッと赤みがかった鱗のリザードマンだ。

赤みがかった鱗のリザードマンはマンダという。立ち位置から分かる通り、五十人いるリザードマンの纏め役を務めている。ハッとマンダはやや歩調を速めて近づいてきた。クロノの前で立ち止まり、肩越しに背後を見る。

「クロノ様の相手は俺がするからお前らは家に帰ってろ！」

「……解散」

ハッが声を張り上げ、マンダがぼそっと言う。すると、百人ほどのミノタウロスとリザードマンは思い思いの方向――自分の家に向かった。

「クロノ様、久しぶりで」

「……挨拶(あいさつ)」

ハツとマンダは軽く膝(ひざ)を屈(かが)め、クロノに頭を下げた。二人がエレインに視線を向ける。

「そっちの――」

「エレインよ、エレイン・シナー」

「ああ、そうだったそうだった。エレインさんも久しぶりで」

エレインが言葉を遮って名乗ると、ハツは申し訳なさそうに頭を掻(か)いた。

「知り合いなの？」

「食糧(しょくりょう)はクロノ様が支給していたからそれ以外の部分をね。私だけじゃなく他の商会や行商人も動いてたけど……」

へぇ、とクロノは声を上げた。自分の知らない所で物事は動いてるんだなと思う。

「それで、今後ってぇと？」

「港が完成した後のことだよ」

「そいつはいい所に来やしたね」

「いい所っていうと？　もしかして――」

「丁度、港が完成した所ですぜ。ああ、いや、まだ調整が必要らしいですがね」

ハツはクロノの言葉を遮って言った。ぶもッ、と歯を剥き出して笑う。

「これから俺達は何をすればいいんで？」

「そのことなんだけど……」

クロノはシナー貿易組合一号店——その向こうにある原生林を見つめた。港を作るために木を切り出したため原生林の一角がなくなっている。

「原生林を切り拓いて畑作をやってもらおうかと思って」

「開拓ってぇことですかい」

「そうなるね。流石に無給って訳にはいかないから最低でも三年は今と同じ待遇を維持するし、農閑期には港で荷運びの仕事をしてもらっても構わない。それに……」

「それに？」

ハツが鸚鵡返しに呟く。

「まだ具体的には何も決まっていない状態だけど、港とハシェルを繋ぐ街道を整備しようと考えてるんだ。こっちも手伝ってくれると嬉しいなって」

「……」

ハツは無言だ。思案するように腕を組む。その時、マンダが動いた。舌を出し入れさせながら人差し指で自身を指差す。自分達がどうなるのか聞きたいのだろう。

「港が完成したから奴隷身分から解放したいんだけど……」

「……」

マンダは首を左右に振った。思わず目を見開く。

「自由になりたくないの？　ああ！　もしかして、ここで働きたいってこと？」

「……肯定（こうてい）」

クロノの言葉にマンダはこくこくと頷いた。言われてみればという気はする。自由になっても食べていける保証はない。それどころか、また奴隷になる可能性もある。ここで働きたいと考えても不思議ではない。

「どうでしょう？」

「どうして、私に聞くのよ？」

クロノが問いかけると、エレインは問い返してきた。

「いえ、エレインさんの所で働かせてもらえればと思いまして」

「……無料（ただ）よね？」

エレインはやや間を置いて言った。

「お給料はちゃんと払って下さい」

「そっちじゃないわよ、失礼ね」

クロノが溜息交じりに言うと、エレインはムッとしたように言い返してきた。

「私はリザードマンを奴隷として売るつもりじゃないわよね？　って聞きたかったの」

「まあ、奴隷身分から解放するつもりですし」

「そういうことなら……。いえ、待って」

　エレインは声を弾ませて言い、いきなり眉根を寄せた。どうしたのだろう。

「リザードマンって寒さに弱いわよね？」

「マントを着せて、温石を持たせれば普通に動けますよ」

「それなりにコストが掛かるって訳ね」

　う～ん、とエレインは腕を組んで唸った。風向きが悪そうだ。

「無口だけど、気のいい連中です。今なら人数分の温石もセットでお付けします」

「それはお得でありますね！　リザードマンを雇うしかないって感じでありますッ！」

「お得って、ただの石ころじゃない」

　フェイが手を打ち鳴らして言うが、エレインは乗ってこなかった。ノリが悪い。

「あと、シルバ式立体塩田をお付けします」

「シルバ式立体塩田？　ああ、あの家の骨組みみたいなヤツね」

「どうでしょう？」

「塩ね。販売網を作る所からスタートしなきゃいけないんだけど……」

「なら漁業権もセットで」

「そんなものもらっても魚の捕り方なんて分からないわ」

「……」

エレインがぼやくように言うと、マンダが無言で手を挙げた。

「魚の捕り方を知ってるの？」

「……得意」

「分かった。そこまで言うなら雇うわ」

「ありがとうございます。あとで人数分の温石をお届けします」

「石くらい自分で拾うわよ」

エレインは溜息交じりに言った。熱すると割れることもあるので、温石に適した石を見つけるのはなかなか大変なのだが——。

「それじゃ、雇用条件などはあとで煮詰めるということで」

「至れり尽くせりね」

「不利な条件で契約されると困るので」

「そんな真似しないわよ」

エレインは拗ねたように唇を尖らせた。それで、とハツに視線を向ける。

「そっちはどうするつもりなの？」

「原生林を切り拓くのには慣れやしたが、畑作ってのがどうも」

　エレインの問いかけにハツが煮え切らない態度で答える。

「その点は安心して」

「安心てぇと？」

「黄土神殿の神官さんに技術指導をしてもらうから」

　クロノは手の平でシオンを指し示した。

「こちら黄土神殿の神官さんでシオンさんです。シオンさん、挨拶を」

「ひゃ、ひゃい！　私は黄土神殿の神官長でシオンと申しましゅッ！」

　シオンは一歩前に出て挨拶をした。噛んだ件はさておき――。

「神官長に出世したんだ」

「あ、はい、報告が遅れてすみません。先日、正式に辞令を頂き、部下として二人の神官を派遣してもらえることになりました」

　クロノが呟くと、シオンは申し訳なさそうに言った。

「技術指導してもらえるのはありがてぇんですが、金が……」

「お金は僕が出すから大丈夫」

うーん、とハッは腕を組んで唸った。ややあって、エレインが口を開く。

「そういえば、切り倒した木はどうするつもりなの？」

「どうするって……。もしかして、シナー貿易組合で扱いたいってことですか？」

「そういうこと。どうかしら？」

「独占や寡占状態は避けたいんですよね」

「別に独占させろって言ってる訳じゃないわ。うちでも扱いたいって言ってるの」

「それなら……」

「じゃ、決まりね！」

クロノが口籠もりつつ言うと、エレインは手を打ち鳴らした。話がスムーズに進むのはいいが、スムーズに進みすぎて不安になる。その時、シオンがおずおずと手を挙げた。

「どうしたの？」

「いえ、原生林の開拓ですが……」

クロノが問いかけると、シオンは言葉を濁しながら原生林の方に視線を向ける。つられて原生林を見て、あることに気付く。

「結構、距離があるね」

「はい、原生林を切り拓くとなると、さらに奥へ進む必要があるので……」

「そっか、家がここにあると不便なんだ」

　はい、とシオンは静かに頷いた。

「引っ越し代を払うのは問題ないんだけど……」

「流石にそこまでして頂く訳にゃ……」

　視線を向けると、ハツは申し訳なさそうに言った。気持ちは分かる。彼らは自分達の手で未来を掴むために移住を決心したのだ。何もかも与えられるのは違う。それに、いつかミノが言っていたように好意に対して身構えてしまう部分があるのだろう。何かいいアイディアはないかと思案を巡らせ、あるアイディアが閃いた。

「家と土地を売るってのはどう？」

「それはクロノ様にですかい？」

「違う違う」

　そう言って、クロノは手を左右に振った。

「商会の誘致が成功したらここにお店を構えたいって言い出すと思うんだ。で、ハツさん達はその人達に土地の権利――借地権と場合によっては家の権利を売ればいい」

「安い値段を付けられたら？」

「その時は売らなければいいんだよ」

ああ、とハツは合点がいったとばかりに拳で手の平を叩いた。

「相場が分からなければエレインさんが相談に乗ってくれるし」

「勝手に約束しないでと言いたい所だけど……。いいわ、相談に乗ってあげる」

エレインは『あげる』の部分を少しだけ強調して言った。

「どうかな？」

「俺一人で答えは出せやせん」

「分かった。皆と相談して決めて」

「すいやせん。折角、色々と話して下すったのに」

「人生が懸かってるんだから当然だよ」

すいやせん、とハツは深々と頭を下げ、歩き出した。やや遅れてアリアが続く。マンダはといえばいつの間にかいなくなっていた。

「随分、話し込んじゃったわね。私の店でお茶でもしていかない？」

「いえ、港の視察をしたいので」

「仕事熱心ねぇ」

エレインは呆れたように言った。クロノは自分達が乗ってきた荷馬車の後方を見る。ゴルディ達の姿はない。クレーンを設置するために港へ向かったのだ。

「それに、部下が働いているのにサボる訳には……」

「残念ね。じゃあ、視察が終わったらいらっしゃい。神官長様は？」

「私は原生林の様子を見に行こうと思います」

「そう、残ね――」

「はいであります！」

エレインの言葉を遮り、フェイが元気よく手を挙げた。

「何かしら？」

「私には聞いてくれないでありますか？」

「お店に、来る？」

「もちろんであります！」

エレインが躊躇いがちに尋ねると、フェイは即答した。

「一度、接待というものを受けてみたかったのであります」

「「接待？」」

フェイが興奮した面持ちで言い、クロノとエレインの声が重なる。不思議に思ったのだろう。フェイが小首を傾げつつ、エレインに視線を向ける。

「接待でありますよね？」

「なら問題ないであります。いや〜、ドキドキするでありますね。何を隠そう、一度接待というものを受けてみたかったのであります」

飛んで火に入る夏の虫——そんな言葉が脳裏を過る。エレインに視線を向けると、彼女は微妙な表情を浮かべていた。

「フェイ、念のために聞くけど、接待の意味を分かってる？」

「食事を奢ってもらうことであります！」

クロノが尋ねると、フェイは力強く言い放った。

「無料でご飯を食べさせてもらえるなんて最高でありますね！」

「いつも侯爵邸でご飯を食べてるのに」

「あれは労働の対価であって、無料じゃないであります」

クロノが溜息交じりに言うと、フェイはムッとしたように言い返してきた。シオンの護衛をしてもらいたかったのだが、言い出せそうにない。

「すみません。フェイにご飯を食べさせてやって下さい」

「ご飯じゃなくて接待であります」

「フェイを接待してやって下さい」

「まあ、接待ね」

「貴方(あなた)も大変ね」

　クロノがお願いすると、エレインは同情しているかのように言った。

「まあ、いいわ。行きましょ」

「はいであります！」

　エレインが歩き出し、フェイがその後に続く。ややあって、シオンが口を開いた。

「では、私も行ってきます」

「気を付けてね」

「大丈夫です。これでも畑仕事で鍛(きた)えてますから」

　シオンは力瘤(ちからこぶ)を作って言ったが、先程のＭ字開脚を思い出すと不安になる。視察が終わったらシオンの様子を見に行くとしよう。シオンが頭を下げながら遠ざかり、クロノはレイラに向き直った。

「じゃ、港の視察に行こうか？」

「はい、護衛はお任せ下さい」

　レイラの言葉にクロノは頷き、港に向かって歩き出した。

※

海が近づくにつれて風が強くなる。クロノは磯臭さを孕んだ風に顔を顰めながら港に向かい、階段の所で立ち止まった。やや遅れてレイラが隣に立つ。

「すごいね」

「はい、すごいです」

クロノの言葉にレイラは頷いた。初めて訪れた時、クロノ達が立っている場所は崖の上で、その下には海岸が広がっていた。それがどうだろう。今、目の前にあるのは立派な港だ。かつて海岸だった場所は数百メートル——設計図によれば五百メートル——の岸壁になり、石畳が敷かれている。もちろん、それだけではない。木製の桟橋がいくつも設置され、その上ではゴルディ達がクレーンを組み立てている。

さらにその向こうには防波堤がある。防波堤もまた数百メートルの長さだ。確か設計図では三百メートルとなっていたはずだが、実際に目にするとそれ以上の長さがあるように見える。表面は黄土神殿の近くにあった岩を砕いて作ったとは思えないほど滑らかに整えられ、先端部分に灯台が建てられている。一棟だけだが、倉庫も完成しているようだ。

「シルバは本当に地形を変えたんだ」

「クロノ様が港を作るという決意をされたからです」

視線を向けると、レイラは恥ずかしそうに目を伏せた。

「ありがとう。でも、皆の力があればこそだよ」

「ですが……。いえ、何でもありません」

「ごめんね」

レイラがしゅんと俯き、クロノは手を伸ばした。耳に触れると、レイラはうっとりとした表情を浮かべた。彼女の気持ちは嬉しいが、商会を誘致しなければならないのだ。ここで調子に乗って誘致できなかったらダメージが大きい。手を放すと、レイラは名残惜しそうな声を上げた。

「行こうか？」

「……はい」

レイラがやや間を置いて頷き、クロノは足を踏み出した。階段を下り、きょろきょろと周囲を見回しながら桟橋に向かう。地面はしっかり押し固められ、崖は土砂崩れを防ぐための擁壁で覆われている。本当に港を作ったんだという実感が込み上げてくる。桟橋の前で足を止める。すると――。

「どうかしたのですか？」

レイラが不思議そうに声を掛けてきた。

「いや、大丈夫かなって」

「大丈夫?」

レイラは鸚鵡返しに呟いて栈橋を見つめた。木製の栈橋の上にはゴルディ達──十人ほどのドワーフの姿とクレーンの部材がある。栈橋が傾いている訳ではないのだが、乗っていいのかちょっと不安だ。

「あら? クロノ様じゃない」

背後から声が響く。聞き覚えのある声だ。振り返ると、赤銅色の髪を無造作に束ねたドワーフの女性が近づいてくる所だった。確か名前は──。

「ポーラ?」

「覚えててくれたのね。ありがとう」

ドワーフの女性──ポーラはクロノの前で立ち止まるとにんまりと笑った。何処か子どもっぽい、愛嬌のある顔だ。

「そんな所で立ち止まってどうかしたの?」

「乗っていいものかなって」

「乗って?」

ポーラは不思議そうに首を傾げ、栈橋に視線を向けた。ああ、と合点がいったとばかり

に声を上げる。察しがよくて助かる。

「大丈夫だと思う？」

「大丈夫よ」

　ポーラはクロノの脇を通り抜け、桟橋の上に立った。軽くジャンプするが、桟橋は揺るぎもしない。大丈夫でしょ？　と言わんばかりにウインクをする。

「うん、大丈夫そうだ」

「どうぞ」

　クロノが呟くと、ポーラが脇に退いた。もう後戻りはできない。ドキドキしながら足を踏み出す。桟橋に片脚を乗せて体重を掛けるが、軋む音さえしなかった。安心して二歩目を踏み出す。二歩目も一緒だ。

「ほら、大丈夫だったでしょ？」

「そうだね」

　そういえば、とクロノはポーラに向き直る。

「シルバは何処？」

「あ・そ・こ」

　クロノが尋ねると、ポーラは親指で背後を指差した。石畳の上に粗末なテントが設置されている。あそこで休んでいるということか。労いの言葉の一つも掛けるべきだろう。そう考えて足を踏み出すと、ポーラが行く手を遮った。

「今は放っておいた方がいいわ」

何でだろ？　とクロノは首を傾げ、ある可能性に思い当たる。

「まさか……」

「そのまさか。港が完成した途端、倒れちゃったのよ」

休めって言ってるのに馬鹿なんだから、とポーラはぼやくように言って顔を顰めた。

「責任を感じるな～」

「クロノ様が責任を感じる必要はないわ。体調管理できないアイツが未熟なの」

ふん、とポーラは鼻を鳴らした。なかなか辛辣な一言だ。もし、クロノがシルバの立場であれば心が折れてしまうだろう。シルバが意識を取り戻したら自分だけでも優しくしてやろうと心に誓う。

「シルバのこと、よろしくね」

「よろしくされるほど面倒を見る必要はないと思うけど……。まあ、分かったわ」

「ありがとう」

「いいのよ。その代わり、私が工房を立ち上げる時はよろしくね？」

「できる限りのことはするよ」

「頼むわね」

ポーラがにんまりと笑い、クロノは彼女に背を向けて歩き出した。しばらくしてレイラがクロノの隣に並ぶ。

「シルバ、大丈夫かな?」

「分かりません。ですが、休めと言われているにもかかわらず、休まなかったのですからクロノ様が心配される必要はないと思います」

「まあ、そうなんだけど……」

レイラも辛辣だ、とクロノはドキドキしながら桟橋を進む。やはり、自分だけでも優しくしてやろうと決意を新たにする。ゴルディ達の姿が近づいてくる。ゴルディは他のドワーフから離れた位置に立ち、作業を見守っている。こちらに気付いたのだろう。ゴルディが振り返り、駆け寄ってきた。

「クロノ様、打ち合わせは済みましたかな?」

「うん、詳細はあとで煮詰めなきゃだけど……」

それで、とクロノはドワーフ達——正確にはドワーフ達と桟橋の上に置かれた部材を見つめた。木製のものが多いが、金属で補強されたものもある。

「それがクレーン？」

「そうですぞ」

ゴルディは誇らしげに胸を張った。

「船から荷を下ろすためのものですからな。回転できるようにしましたぞ」

「……そうみたいだね」

クロノは桟橋の上に置かれた部材を見ながら呟いた。脳内で部材を組み立てる。クレーンというよりも高射砲みたいなシルエットになりそうだ。

「シルバのことなんだけど、聞いてる？」

「聞いてますぞ。まったく、体調管理を疎かにするなど情けないにもほどがありますぞ」

半ば予想していたことだが、ゴルディも辛辣だ。自分の領地をブラック企業のようにしたくないと思っていたのにどうしてこうなったのだろう。

「あまり責めないでね」

「責めるなと言われてもちゃんと休めと言っているのに倒れた訳ですからな。きつく叱っておかないと同じことを繰り返しますぞ」

ゴルディは困ったように眉根を寄せた。

「あ、ゴルディもちゃんと休むように言ってくれてたんだ」

「もちろんですぞ」

「よかった」

胸を撫で下ろしたその時、背後からドタドタという音が響いた。振り返ると、シルバがこちらに駆けてくる所だった。目が血走っていて怖い。気持ちが伝わったのか、レイラがクロノを守るように前に出る。シルバはレイラの前で立ち止まり――。

「どうだ！　俺の港はッ！」

大声で叫んだ。

「すごい港でびっくりしたよ」

「そうだろそうだろ。何しろ、この日のために努力してきたからな。そう、あれは――」

クロノが素直な感想を口にすると、シルバはどうして自分が建築家を目指したのか、建築家になるためにどんな努力をしてきたのかを滔々と語り始めた。

「――という訳だ」

「シルバ、職人は口ではなく腕で自分を語るべきですぞ」

「ぐッ、兄貴」

ゴルディが溜息交じりに言い、シルバは呻いた。

「まあまあ、これだけ立派な港を作ってくれたんだし、大目に見ようよ」

「クロノ様がそう仰るのならば」

「そうだぜ、兄貴」

ゴルディが渋々という感じで引くと、シルバは調子に乗った。どうして、フェイと仲がいいのか疑問に思っていたが、その一端を垣間見たような気がした。

「港が完成したことだし、名前を付けないとな」

「では、クロノ港はどうでしょう?」

シルバが鼻息も荒く言い、レイラが港の名前を提案する。

「おお、いい名前ですな」

「私もそう思います」

ゴルディの言葉にレイラは満足そうに微笑んだ。シルバはといえば残念そうな顔をしている。クロノ港という名前がお気に召さないようだ。クロノも同意見だが、シルバの場合は嫌のニュアンスが異なるようだ。何となくだが、彼の考えていることが分かる。

「クロノ様、どうでしょう?」

「あ、うん、悪くないけど……。シルバ港なんてどうかな?」

「シルバ港!　いい名前だなッ!　これしかないって感じだ!」

クロノが切り出すと、シルバは身を乗り出して言った。レイラは不満そうな顔をし、ゴルディは頭痛を堪えるように指でこめかみを押さえている。

「じゃあ、まあ、シルバ港ってことで」

「異議なし！」

シルバは声を張り上げた。

「街の名前はどうなるのでしょう？」

「街の名前？」

レイラがぽつりと言い、クロノは鸚鵡返しに呟いた。

「はい、いずれシルバ港の周辺に街ができるはずです。その街の名前はどうなるのかと」

「シルバにちなんだ名前でいいんじゃないかな？」

「ちなんだとなると、シルバン、シルバタン、シルバトン、シルバートン、シルバ——」

「シルバートンか」

レイラがぶつぶつと呟き、クロノは最も耳触りのよかったものを口にする。後半部分が何に由来しているのか分からないが、いい名前だと思う。

「——ッ！　申し訳ありません。差し出がましい真似をして」

「いや、謝らなくてもいいよ」

レイラがこちらに向き直って頭を下げようとするが、クロノは手で制した。

「街の名前はシルバートンにしよう」

「本当か⁉」

「離れて下さい」

シルバが詰め寄ってくるが、レイラが間に割って入る。

「港はシルバ港、街はシルバートンということで」

「異議なし！」

シルバは声を張り上げ、バタンと倒れた。わずかに回復した体力を使い果たしたのだろう。だが、レイラも、ゴルディも近づこうとしない。仕方がない。手を貸そう。そう考えて足を踏み出すと、ポーラがやって来た。

「人の忠告を聞かないからそうなるのよ」

「だが、無理した甲斐はあったぞ。この港に俺の名前が付いたんだ。街にも俺にちなんだ名前が付いた。歴史に名を残したんだ」

「どうせ、残すなら仕事っぷりで名前を残しなさいよ」

ふん、とポーラは鼻を鳴らし、膝を屈めた。肩を貸すのかと思いきや、シルバの首根っこを掴んで引き摺っていく。ふと先程の――シルバがバタンと倒れた光景を思い出す。だからシルバートンなのかと考えたその時、は～という音が響いた。溜息を吐く音だ。振り返ると、ゴルディが申し訳なさそうにしていた。

「申し訳ありません。シルバは、その、ちょっと変わってましてな」

「芸術家肌なんだよ、きっと」

「だといいのですが……」

ゴルディは再び溜息を吐いた。兄弟も大変なのだなと思う。ましてや二人とも物作りを生業にしているのだ。スタンスの違いによる軋轢もあるだろう。

「兄弟仲よくね」

「分かってますぞ」

ゴルディは力強く頷いた。クロノは改めて組み立て作業を眺める。まだ時間が掛かりそうだが、ここにいても役に立てない。となれば――。

「僕達はシオンさんの所に行ってくるよ。その後は……」

クロノはシナー貿易組合一号店に視線を向けた。

「エレインさんの所に顔を出すつもり」

「クレーンが完成したら呼びに行きますぞ」

「よろしく」

そう言って、クロノは足を踏み出した。

※

レイラが弓を手にゆっくりと道を進む。切り出した木を運搬するための道だ。簡易的に作った道だったのだが、ハツ達が何千回も往復したせいだろう。街道と見紛うばかりに表面が硬くなっている。そんな道をレイラに先導されてクロノは進んでいるのだが——。

「警戒しすぎじゃない？」

「……ここは人里離れた土地です。警戒するに越したことはありません」

クロノが声を掛けると、レイラはやや間を置いて答えた。言われてみると、油断しすぎていたような気がしてくる。それに、とレイラが続ける。

「南辺境では失態を演じてクロノ様を蛮ぞ、いえ、ルー族に攫われてしまいました」

「あれは仕方がないよ」

ルー族には地の利があったし、情報も不足していた。そんな状況で誰一人死ぬことなく切り抜けたのだ。むしろ、よくやったと思う。だが——。

「クロノ様が斜面に待避するように仰った時、私は迷ってしまいました。すぐに従っていれば攫われることはありませんでした」

レイラは口惜しそうに言った。そんなに気にしなくてもと思ったが、そう言っても彼女は納得しないだろう。思い詰めてしまうタイプなのだ。そんなことを考えている内に原生林に辿り着く。港を作るために木を切り出したので二百メートル四方が伐採地になっている。こんなに木を切って大丈夫だろうかと不安が湧き上がってくる。だが、クロノは不安を心の底に封じ込めて視線を巡らせた。シオンの姿はない。

「何処に行ったんだろう？」

「……」

クロノが呟くが、レイラは無反応だ。無言で原生林へと近づいていく。クロノはやや距離を置いてレイラの後を追った。一人でいるのが心細かったからではない。何かあった時に刻印術が役に立つのではないかと思ったのだ。

突然、レイラの耳がぴくっと動く。立ち止まり、前方の茂みに向けて弓を構える。静寂が舞い降りる。シオンは何処に行ったのだろう。まさか、熊に——と考えたその時、茂みがガサガサッと揺れた。長い時間ではない。ほんの二、三秒の出来事だ。ふと元の世界で見たホラー映画を思い出す。ホラー映画ならば油断した所でモンスターか、殺人鬼が飛び出してくるシチュエーションだ。緊張が高まる。

一秒が経ち、二秒が経ち——たっぷり三十秒が経過し、クロノは息苦しさを覚えた。当然か。緊張のあまり呼吸が浅くなっていたのだから。深く呼吸した次の瞬間、茂みから何者かが飛び出してきた。突然の出来事にびくっとしてしまう。

「待って！　撃たないで下さいッ！」

　何者か――シオンは両方の手の平をこちらに向けて叫んだ。にもかかわらずレイラは矢を放った。矢はシオンの耳元を掠め、背後の茂みへと飛ぶ。突然の凶行に頭が真っ白になる。直後、ぐぉぉぉぉッと叫び声が響いた。さらにガサガサッという音が響く。叫び声の主が何なのかは分からないが、音はクロノ達から遠ざかっていく。どうやらレイラは背後から何かが近づいていることに気付いて矢を放ったようだ。ハッとしてシオンを見る。すると、彼女は涙目でへたり込んでいた。

「大丈夫⁉」

「撃たないでって言ったじゃないですか」

　駆け寄って声を掛けると、シオンは今にも泣きそうな声で抗議してきた。

「いや、それは……」

「申し訳ありません。何かが近づいてきていたので」

　クロノが口籠もると、レイラが説明してくれた。

「何かって何ですか？」

「分かりませんが、熊か何かではないかと」

シオンがこれまた泣きそうな声で問いかけると、レイラはすんすんと鼻を鳴らして答えた。クロノも鼻を鳴らす。獣臭いような気がするが、今一つ確信が持てない。

「ひどいです」

「立てる？」

「一言、せめて一言……」

クロノが手を差し出すと、シオンはぶつぶつ言いながら手を握り返してきた。ぷるぷると震える足で立ち上がる。そこで彼女の服が泥で汚れていることに気付く。

「汚れてるけど、何かあったの？」

「えっと、原生林を調べていたんですけど……。転んでしまって」

シオンは恥ずかしそうに目を伏せながら言った。

「どうだった？」

「豊かな森だと思います。木は建材として使うのに申し分ない太さがありますし、食べられる野草も生えていますから」

シオンはクロノの手を放し、何処か興奮した面持ちで言った。

「どれくらい切り拓けばいいと思う？」

「そうですね。あくまで目安ですけど、千平方メートルの畑から百五十キログラムの小麦が取れると考えて下さい」

「この伐採地は二百メートル四方――四万平方メートルだから……」

「四十倍の六千キログラムの小麦が取れる計算になります」

クロノが計算しようとすると、レイラがすかさず答えた。

「六千キログラムか。結構……」

取れるんだねと言いかけて口を噤む。ワイズマン先生の授業を思い出す。

「糧秣の計算をする時、兵士一人当たり一日千グラムの小麦を消費することになってて、ハツさん達は二百人くらいいるから――」

「年間七万三千キログラムの小麦を消費する計算になるので、ハツさん達が消費する量を賄うのに今の十二倍の耕作地が必要になります」

「十二倍か」

クロノは思わず天を仰いだ。二倍や三倍ならともかく、十二倍となると本当に原生林を切り拓けるのか不安になってくる。

「クロノ様、七百メートル四方の耕作地があれば目標を達成できますので」

「七百メートル四方か。それなら何とかなりそうだ」

「あの……」

クロノが少しだけ前向きな気分になって言うと、シオンがおずおずと手を挙げた。

「どうしたの？」

「以前にもお話ししましたが、この辺りは三圃制農法を行っているので……」

「そうだった。土地を三分割して使うんだった」

「食糧を全て小麦で賄う場合、単純に三倍の耕作地が必要になります」

レイラがすかさず補足し、クロノは視線を巡らせた。今でも大規模な自然破壊をしてしまったと感じているのにさらに原生林を切り拓かなければならない。抵抗はあるが、生きていくためだ。仕方がない。

「何年くらい掛かるのかな？」

「集落の規模を考えて三年もあれば……」

クロノがぽつりと呟くと、シオンは自信なさそうに言った。内心胸を撫で下ろす。最低でも三年給与を払うと言ってよかった。これでシオンが口にした数字と大幅に違ったら信用を失っていた。それはさておき——。

「とりあえず、開拓は問題なさそうだね」

クロノはシオンに視線を向けた。

「僕達はこれからエレインさんの店に行くけど、シオンさんもどう？」

「あ、あの、私は泥だらけですから……」

シオンは上擦った声で言い、顔を背けた。

「気にしなくても大丈夫じゃないかな？」

「そう、でしょうか？」

「服も扱っている商会だし」

「で、ですが……」

場違いなんじゃや、とシオンはごにょごにょと呟いた。クロノはシオンの手首を掴む。

「——ッ！」

「シオンさんは僕達と一緒にエレインさんの店に行く——決定！」

突然、手首を掴んだせいだろう。シオンが息を呑む。だが、クロノは構わずに歩き出した。先手必勝。外で待っていると言い出す前に連れて行くのだ。

※

クロノは歩調を緩め、エレインの店——シナー貿易組合一号店を見つめた。洒落た建物という印象は変わらないが、間近で見ると高級感を感じさせる。元の世界ならばコーヒー一杯で千円は取られそうな店だ。

当然のことながら黒野久光はそんな店に行ったことがないし、何処にあるのかも知らない。コーヒー一杯で千円は取られそうな店なんてものはフィクションと変わらない。要するにエレインの店はそれくらいフィクションじみているということだ。

扉まであと数メートルという所でレイラが飛び出した。マイラの下でメイド修業を積んだからか、扉を開けて恭しく頭を垂れる。

「ありがとう」

「いえ」

擦れ違い様に礼を言うと、レイラは短く応えた。何処か誇らしげな響きがある。店の中に入る。店内は薄暗かった。天井や壁に設置された照明用マジックアイテムが灯っているにもかかわらずだ。恐らく、雰囲気作りのためにそうしているのだろう。シオンの手を握ったまま歩を進め、視線を巡らせる。

奥にカウンターがあるが、他は全てテーブル席だ。テーブルの高さは低い。ソファーに高さを合わせているためだ。元の世界にいた頃、ドラマや映画などで見た高級クラブがこんな感じだった。サップ、アルバ、グラブ、ゲイナーの四人は隅のテーブル席で香茶を飲み、フェイは奥のカウンター席にいた。どうやら料理を食べているようだ。エレインはカウンターの内側で眠そうな目をした女性と立っていた。

　背後からチリンと涼やかな音が響く。レイラが扉を閉めたのだろう。エレインは眠そうな目をした女性と言葉を交わすとカウンターの外に出た。こちらに近づいてくる。

「視察は終わったみたいね」

「ええ、問題なく終わりました」

「それはよかったわ」

　エレインはくすくすと笑い、シオンに視線を向けた。

「泥だらけじゃない」

「す、すみません。転んでしまって……」

「謝らなくてもいいわよ」

　シオンが申し訳なさそうに言うと、エレインはくすっと笑い、カウンターに視線を向けた。視線の先にいるのは眠そうな目をした女性だ。

「シアナ、湯浴みと着替えの準備を」

「はい、承知しました」

　エレインの言葉に眠そうな目をした女性――シアナはぺこりと頭を垂れた。カウンターから出て、店の奥にある階段に向かう。エレインが小さく溜息を吐く。

「シアナ、この娘を連れて行って」

「……はい、承知しました」

エレインが溜息交じりに言うと、シアナは立ち止まり、こちらに向き直った。

「念のために言っておくけど、この娘を浴室に連れて行って、この娘に合う着替えを用意するのよ？　分かってるわね？」

「…………はい、承知しました」

シアナはかなり間を置いて頷いた。こちらに歩み寄り、シオンの前で立ち止まる。

「浴室にご案内いたします。どうぞ、こちらに」

「よ、よろしくお願いいたします」

「こちらこそ、よろしくお願いいたします」

シアナが踵を返して歩き出し、シオンがおっかなびっくりという感じでその後に続く。

「クロノ様達はそこのテーブル席に座って待ってて」

「分かりました」

エレインが手の平でテーブル席を指し示し、クロノはソファーに座った。だが、レイラは座ろうとしない。通路に立ったままだ。

「座らないの？」

「私は護衛ですから」

　クロノが問いかけると、レイラは胸に手を当てて言った。やはり、何処か誇らしげな態度だ。カウンター席で食事をするフェイを見る。美味しそうに料理を食べている。同じ護衛なのにこの差は何なのだろう。そんなことを考えていると、エレインがやって来た。ティーポットとカップの載ったトレイを持っている。

「お待たせ」

「いえ、それほど待っていません」

「そう、よかったわ」

　エレインはくすっと笑い、トレイをテーブルの上に置いた。ティーポットを手に取り、香茶をカップに注ぐ。すると、湯気と共に芳醇な香りが立ち上った。

「どうぞ」

「ありがとうございます」

　エレインがテーブルにカップを置き、クロノは礼を言って受け取った。ややあって、エレインがレイラに視線を向ける。

「貴方は――」

「私は護衛ですので結構です」

「立派ね」

そう言って、エレインは肩越しにフェイを見た。それに比べてあの娘はという気持ちが伝わってくる。クロノは黙ってカップを見下ろした。なかなか高そうなカップだ。気後れしてしまうが、そっと口元に運んで香茶を飲む。豊かな味わいが口内に広がる。店の雰囲気に勝るとも劣らない素晴らしい香茶だ。

「どう?」

「美味しいです」

「そう、よかった」

エレインはくすくすと笑いながらクロノの対面に座った。優雅な所作でカップを口元に運び、香茶を飲む。わずかに動く喉が色っぽい。カップをテーブルに置き、クロノに視線を向ける。内心を探られているようで居心地が悪い。しばらくして考えが纏まったのか静かに口を開く。

「視察はどうだったの?」

「港が思っていた以上にちゃんとしてたんで安心しました。ただ、開拓の方が……」

「どうかしたの?」

クロノが言葉を濁(にご)すと、エレインが問いかけてきた。

「今の三十六倍くらい原生林を切り拓かないと、ハツさん達が食べて行くための小麦を確保できないんですよ。それも三年くらい掛かるみたいで」

「なんだ、たった三年で済むならいいじゃない」

「そうなんですけどね」

エレインが拍子抜(ひょうしぬ)けしたと言わんばかりに言い、クロノは小さく溜息を吐いた。

「それに、これからこの港街は——」

「シルバートンです」

「シルバートン？　ああ、港を設計したドワーフがシルバだからシルバートンね。ということは港の名前はシルバ港といった所かしらね」

クロノが言葉を遮(さえぎ)って言うと、エレインは鸚鵡返(おうむがえ)しに呟いた。だが、すぐに名前の由来に気付いたようだ。察しがよくてありがたい。

「これからシルバートンは発展していくんだもの。木材の需要(じゅよう)が高まって万々歳(ばんばんざい)よ」

「エレインさんの懐(ふところ)も潤(うるお)うって寸法ですね」

「利益の三割はクロノ様の懐に行く訳だけど」

クロノがしみじみと言うと、エレインは顔を顰(しか)めた。

「株主として正当な報酬ですよ。不満があるのなら早く株式を買い取って下さい」

「そうしたいけど、クロノ様と縁が切れるのは痛いのよね」

ところで、とエレインは身を乗り出す。

「株式の買い取りの件なんだけど……」

「何でしょう?」

「貴方、本当に売るつもりがあるの?」

「エレインさんを首にできる分くらいの株式を残して売却してもいいと思ってます」

「首……嫌な言葉ね」

エレインは苦虫を噛み潰したような表情を浮かべた。

「そうですね」

「ええ、首にするのもされるのも嫌で仕方がないわ」

エレインは両腕で自身の体を抱き締め、ぶるりと身を震わせた。

「それで、どうして私を首にできる分の株式を残しておきたいの?」

「何から説明すればいいのか分からないんですが……。僕はシルバートンの統治を街の有力者達に任せてもいいと思ってるんです」

「それは……。商人に自治権を与えるという意味かしら?」

エレインは身を引き、目を細めた。心の内を探ろうという目だ。

「商人に限るつもりはありません」

「というと？」

「職人だって街の有力者に成り得るってことです」

クロノはカップをテーブルの上に置き、ソファーの背もたれに寄り掛かった。

「ピクス商会、ベイリー商会、アサド商会、ケレス商会、イオ商会——五つの商会から港を使わせて欲しいと打診されていますが、僕は何処の商会にも肩入れするつもりはないので合議制に落ち着くんじゃないかなと思っています」

「一つの商会に肩入れした方がやりやすいんじゃない？」

「それも考えたんですが、独占や寡占状態だと競争原理が働かなくなるので」

「先を見ているということね」

「これでも領主ですから」

クロノは頬を掻いた。実際は元の世界に独占禁止法という法律があったのでそれに倣った方がいいかなと考えただけなのだが、口にはしない。

「それで私を首にできるだけの株式を残しておきたかったのね」

「そういうことです」

クロノは小さく頷いた。話が早くて本当に助かる。そういえば、とエレインが呟く。

「行商人達が組合を立ち上げようとしているという話だけど……」

「耳が早いですね」

「情報屋だもの。耳が早くないと食いっぱぐれちゃうわ」

「それもそうですね」

ふと五つの商会のことを思い出す。最初は話に関心を示さなかったが、最近になって頻繁に書簡を送ってくるようになった。恐らく、行商人達が港を利用するために組合を立ち上げようとしているという情報を掴んだのだろう。どんな邪魔が入るか分からないので行商人の顔役トマスにはできるだけ秘密裏に行動して欲しいとお願いしていたのだが、情報を秘匿するのは難しかったようだ。

「合議制になった時のために影響力を残したいのは分かったけど、わざわざクロノ様が行商人達に働きかける必要があったのかしら？」

「公平感を演出したい気持ちもあったんですよ」

「……公平感ね」

エレインは唇に触れ、小さく呟いた。

「もしかして、クロノ様は商人にシルバートンを開発させたいのかしら？」

「よく分かりますね」

「ハツさんに借地権の話をしてたでしょ？　それでピンときたのよ」

エレインは不敵に微笑んだ。ハツとの会話を聞いてということだが、本当はもっと早い段階でこちらの思惑に気付いていたのではないかという気がする。

「つまり、街の有力者による自治も公平感も投資させるための餌って訳ね」

「餌だなんて人聞きが悪いです」

クロノは肩を竦め、身を乗り出した。

「で、エレインさんから見てどうですか？　上手くいくと思います？」

「悪くないと思うわ。クロノ様の思惑がどうであれ、旨みはあるもの」

それにしても、とエレインは優雅に脚を組んで続けた。

「自治を認めてもらえるとは思わなかったわ」

「好き勝手に動かれるんじゃないかと少し不安ですけどね」

「そんなに心配しなくても大丈夫よ」

エレインは安心させるように微笑んだが、やはり少し不安だ。とはいえ、街を開発するノウハウや資金がないので任せるしかないのだが。クロノは小さく溜息を吐き、カップに手を伸ばした。カップを口元に運び、すっかり冷めた香茶を飲み干す。高い香茶だからだろうか。冷めていても美味しく感じる。

　カップをテーブルに置いたその時、通路に立っていたレイラが身動ぎした。顔を上げると、シアナに先導されてシオンが下りてくる所だった。思わず目を見開く。というのもシオンが露出度の高いドレスを身に着けていたからだ。丈は短く、胸元は開いている。神官である彼女がそんなドレスを着たことにも驚いたが、それ以上に豊かな胸に驚いた。いつもゆったりとした服を着ているので気付かなかったが、かなりの巨乳だ。女将に匹敵するのではないだろうか。

　クロノの態度で異常を察したのだろう。エレインは脚を組むのを止め、背後に視線を向けた。深々と溜息を吐く。どうやら予想外の展開だったようだ。エレインの気持ちが伝わっていないらしくシアナはクロノ達の前にやって来た。

「エレイン様、お待たせいたしました」

　シアナが脇に退くと、シオンは前に出た。恥ずかしそうにもじもじしているが、ドレスが気に入ったのだろう。はにかむような笑みを浮かべている。考えてみればシオンは年頃の女性だ。お洒落に興味があっても不思議ではない。

「ど、どうでしょう？」

「すごくいいと思います」

クロノは正直な感想を口にした。露出度が高すぎやしないかと思ったが、良識はおっぱいの前に無力なのだ。エレインが深々と溜息を吐く。

「確かに似合ってるけど――」

「あ、ありがとうございます」

「ありがとうございます」

シオンとシアナに言葉を遮られ、エレインは再び溜息を吐いた。

「私は『似合ってるけど』と言ったのよ」

「化粧も頑張りました」

「そうじゃなくて」

エレインは頭痛を堪えるようにこめかみを押さえた。

「ＴＰＯってものがあるでしょ、ＴＰＯってものが」

「どうすればよかったのでしょうか？」

「オフの時に着る服でいいのよ」

「……なるほど」

シアナはやや間を置いて頷いた。

「分かったら――」

エレインは最後まで言い切ることができなかった。背後からチリンという音が響いたのだ。振り返ると、ゴルディが扉を開けたままの姿勢で動きを止めていた。

「何かあったの？」

「船が来ましたぞ」

「あら？　もう来たの」

クロノの問いかけにゴルディが答えると、エレインが立ち上がった。

「シアナ、私は港に行ってくるから貴方は神官長様に新しい服を用意して」

「承知しました」

シアナはぺこりと頭を下げ、シオンに向き直った。

「申し訳ありませんが、控え室へ」

「……分かりました」

シオンは間を置いて答えた。よほどドレスが気に入ったのか、少し不満そうだ。

「付いて来て下さい」

「クロノ様、失礼します」

シアナが歩き出し、シオンは頭を下げて彼女の後を追った。二人が階段を登り——。

「あの服はいくらですか？」

「もしかして――」

「まだ手を出してません」

「ふ～ん、そうなの」

クロノは否定したが、エレインは信じていないようだ。まだと言ってしまったせいだろうか。そんなことを考えていると、彼女は髪を掻き上げた。

「とりあえず、港に行きましょ？」

「そうですね」

クロノはソファーから立ち上がった。

※

クロノは階段で立ち止まり、港を見下ろした。桟橋には帆船が横付けされ、その袂には
ミノタウロスとリザードマンの姿がある。帆船を見つめ――。

「何かイメージと違う」

「悪かったわね、イメージと違って」

正直な感想を口にすると、エレインがムッとしたように言った。

「中古だけど、一隻金貨七百枚もするのよ？　船員の給料だって割高だし」

「そうなんですか」

「そうなの！　それに、向かい風でも前に進める優れものなのよ。それなのに――」

　クロノが相槌を打つと、エレインはやはりムッとしたように言った。さらにぶつくさと文句を言う。失言だったか。だが、本当にイメージと違うのだ。桟橋に横付けされた帆船はイメージするそれよりずんぐりとしている。

　それに、向かい風でも前に進めるという話だが、ウィンドサーフィンにできることが帆船にできなくてどうするという気がする。もしかして、帆船が向かい風の中でも前に進めるようになったのは想像していたよりも最近のことなのだろうか。

「……クロノ様」

「ああ、ごめん。じゃ、行こうか」

　レイラに名前を呼ばれて足を踏み出す。すると、ゴルディが前に出た。

「先に行かせてもらいますぞ」

「うん、よろしく」

「よろしくされましたぞ！」

　ゴルディは力強く言って小走りで桟橋に向かった。護衛としての自覚からだろう。今度はレイラが前に出る。当たり前といえば当たり前だが、何事もなく桟橋に辿り着く。階段からはミノタウロスとリザードマンしか見えなかったが、ドワーフの姿もあった。シルバとポーラの姿はない。港建設に携わったドワーフは休憩中で、ここにいるのはゴルディの部下なのだろう。

レイラに先導されて桟橋を渡る。中程まで進んだ所で背後から声が上がる。帆船から船長と思しき女性が降りてきたのだ。ゆっくりとこちらに近づいてくる。女性が足を止め、クロノ達も足を止めた。

改めて船長と思しき女性を見る。背の高い女性だ。がっしりとした体躯をだぼっとした衣装に包んでいる。海賊船の船長という感じだ。

「よう！　久しぶりッ！」

「……ミラ」

船長と思しき女性――ミラが歯を剥き出して笑うと、エレインは溜息を吐いた。ミラは構わずに歩み寄り、エレインと握手をする。

「もっとゆっくり来るかと思ってたわ」

「いい風を捕まえることができたもんでね。それに、新しい港なんだろ？　だったら、いの一番に入港したいじゃないか。それで……」

ミラが言葉を句切り、クロノに視線を向けた。

「そっちがクロノ様かい？　可愛い顔をしてるじゃないか。紹介しとくれよ」

「ええ、分かったわ」

ミラの言葉にエレインは溜息交じりに応じた。握手を止め、こちらに向き直る。

「彼女はミラ、見ての通り船長よ。それで、こちらが——クロノ・クロフォード様」

エレインがまずミラを、次にクロノを手の平で指し示す。クロノはミラに歩み寄り、手を差し出した。すると、ミラは無言で手を握り返してきた。

「よろしく頼むよ、大将」

「こちらこそ、ミラ船長」

「船長か。いいね、いい響きだ」

クロノの言葉にミラは笑みを浮かべた。悪戯っ子のような笑みだ。手を放し、ミラとエレインを交互に見つめる。こちらの意図を察したのだろう。エレインが口を開く。

「どうかしたの？」

「いえ、どうやって知り合ったのかなと思いまして」

「身一つで転がり込んできたのよ」

「仕方がないじゃないか。親父が死んで兄貴達に船を全部持ってかれちまったんだから」

　エレインが顔を顰めて言うと、ミラは拗ねたように唇を尖らせた。

「それだけならまだしも金に汚いし」

「船員の育成もやってんだよ？　あれでも安いくらいさ」

　エレインが文句を言うと、ミラも負けじと言い返した。こんな調子でやっていけるのか不安だが、シナー貿易組合の責任者はエレインだ。信じて任せるしかない。その時――。

「クロノ様！　荷を下ろしますぞッ！」

　ゴルディの声が響いた。正面を見ると、小型クレーンが甲板に積まれた荷を持ち上げる所だった。ドワーフ達が小型クレーンを回転させ、ゴルディがハンドルを回す。すると、ゆっくりと荷が下り始めた。荷が桟橋に下ろされ、ドワーフ達が歓声を上げた。小型クレーンは問題なく動いているようだ。

「マンダ！　初仕事よッ！」

　エレインが桟橋の袂に向かって叫ぶと、マンダ達――リザードマンがこちらに向かって歩き出した。邪魔をしないように桟橋の端に寄ると、レイラもそれに倣った。リザードマンが目の前を通り過ぎ――。

「荷物は服がメインだけど、店で使うワインもあるわ。だから、慎重に倉庫に運んで」

「……承知」

エレインが指示を出すと、マンダは短く応じて荷を担ぎ上げた。そのまま振り返ろうとするが、後続が詰まっている。マンダは考え込むような素振りを見せた後、Uの字を描くようにして倉庫に向かった。

「折角、完成したんだからテープカットをしたかったな」

「テープカット？」

クロノが荷下ろしの様子を眺めながら言うと、レイラが鸚鵡返しに呟いた。

「元の世界の習慣で建物とか、乗り物が完成した時にテープをカットするんだ」

「そんな習慣が……」

レイラは神妙な面持ちで言った。そんな顔をするほどのことかなと思ったが、別の世界の習慣というのは理解を超えているのだろう。

「要は式典をしたかったってことなんだけど……」

「日を改めて式典をされては？」

「う〜ん、止めとくよ。もう荷下ろしをしてるし、交渉もしなきゃいけないからさ」

「そう、ですか」

レイラはしゅんとした様子で言った。そんなにテープカットが見たかったのだろうか。

「ともあれ、港が無事に完成してよかったよ」

「そうですね」

　クロノがホッと息を吐くと、レイラは小さく微笑んだ。

※

　夜――エレインはハシェルに戻ると自分の店に向かった。シナー貿易組合二号店ではない。紳士の社交場の方だ。扉の前には三人の男がいた。二人は黒服、残る一人はバーテンダーだ。何かあったのだろうか。訝しんでいると、黒服の一人がこちらに視線を向けた。つられるようにバーテンダーがこちらを見る。バーテンダーは黒服と短い遣り取りを交わし、足早に歩み寄ってきた。

「おはようございます、エレイン様」

「おはよう、マイルズ」

　バーテンダー――マイルズに挨拶を返す。こんな時間におはようもないものだと思うが、夜の世界で続いている慣習のようなものだ。

「どうかしたの？」

「ベイリー商会のエドワード様がいらしています」

「せっかちな男ね」

エレインは小さく溜息を吐いた。大方、何処かでクロノと一緒に出掛けたという話を聞いたのだろう。マイルズがおずおずと口を開く。

「どうされますか？」

「行くわ」

髪を掻き上げ、歩き出す。やや遅れてマイルズが付いてくる。黒服が扉を開け、紳士の社交場に足を踏み入れる。ロビーを抜け、ホールに入る。すると、チェンバロの穏やかな調べが出迎えてくれた。エドワードはカウンター席にいた。マイルズがカウンターの中に戻り、エレインはエドワードの隣に座った。彼はグラスを見つめている。

「……答えを聞きに来ました」

「せっかちねぇ」

「性分ですので」

エドワードは苦笑じみた笑みを浮かべた。沈黙が舞い降りる。チェンバロの音が遠く感じる。マイルズがカウンターにグラスを置いた。エレインはグラスを手に取り――。

「クロノ様を裏切ることはできないわ」

「残念です。私達が協力すれば港の利権を独占できたというのに」

エドワードは溜息を吐くように言ってグラスを口元に運んだ。

「理由を聞かせて頂いても？」

「いつでも首にできるって釘を刺されちゃったのよ」

「その程度で怖じ気づいたと？」

まさか、とエレインは笑った。誤魔化す方法はいくらでもある。

「クロノ様は街の有力者達による自治を考えているとも言っていたわ」

「ならば我々と協力関係を築いた方が得なのでは？」

「それで利権を独占できるのならね。いい？　街の有力者達による自治なのよ？　現時点で七人も――これは私達も含めてだけど、候補がいる。これじゃ私達が協力しても利権を独占することはおろか、街を牛耳ることさえできないわ。むしろ、私達が協力することで他の五人が結束する恐れがある」

「その時々に応じて協力した方が得だと？」

「そういうこと」

エレインはグラスを口元に運び、ワインで唇を湿らせた。

「では、立ち退きの協力は？」

「その件は協力するわ。あまり贔屓にすることはできないけれど」

「仕方がありません」

　エドワードは溜息交じりに言った。

「ごめんなさい。でも、木材を商う許可をもらったからそっちは勉強してあげられるわ」

　ほぅ、とエドワードは感嘆の声を漏らした。あと、とエレインは続ける。

「五十人のリザードマンとセットだったけど、塩を商う許可と漁業権ももらったわ」

「ああ、それは――ッ！」

　エドワードが息を呑む。クロノが神聖アルゴ王国の王室派に物資を届けられる態勢を整えようとしていることに気付いたのだろう。周囲を見回し、エレインに視線を向ける。

「まさか――」

「私は何も言ってないわ。でも、怖いでしょ？」

「ええ、怖いですね」

　エドワードはわずかに震える声で言った。クロノはエレインとエドワードの話を聞いていたかのように手を打ってきた。正直、生きた心地がしなかった。全ての言葉に裏の意味があるのではないかと勘繰ってしまったほどだ。

「そういうことなら仕方がありませんね」

　エドワードは溜息交じりに言って、立ち上がった。

「随分、あっさり引くのね」

「私は商人ですよ？　損益分岐点の見極めが如何に重要か心得ているつもりです」

エドワードは笑みを浮かべた。粘着質な笑みだ。それだけで彼、いや、ソークが港の利権を諦めていないと分かる。

「では、失礼します」

「また来てね」

「はい、また」

エドワードが会計を済ませて店から出ていき、エレインは小さく溜息を吐いた。厄介なことになった。店の経営だけではなく、エドワードの動向に目を光らせなければならないのだから。ふとクロノに声を掛けた時のことを思い出す。あの時は自分の意思で声を掛けたつもりだった。だが、こうなってみると大きな流れに巻き込まれただけではないかという気がしてくる。

それならそれで構わないわ、とエレインはグラスを口元に運んだ。今まで流れに近づくことさえできなかったのだ。それに比べれば二つの未来——流れに呑み込まれて消えるのか、流れに乗って飛躍するのかを示されただけまだマシだ。

幕間　少女三人寄れば――。

帝国暦四三一年八月下旬朝――スーは足音で目を覚ました。聞き慣れない足音だ。夫であるクロノのもとで働く女のものだろう。メイドと呼ばれる彼女達に害意がないことは分かっているが、聞き慣れない足音を耳にすると、警戒心が先に立ってしまう。せめて、故郷にいた頃のように起きられればいいのだが、それも難しい。ここでは夜が白んでくる頃に起きることは好ましくないのだ。

スーの常識からすれば有り得ないことだ。日が昇る頃に起きてどうやって糧を得ればいいのかとさえ思った。だが、自分はクロノの妻である。それが帝国のルールだというのならば従わなければならない。

そうして今に至る訳だが、気付いたことがある。帝国はルー族の里と異なる仕組みで動いているということだ。その仕組みとは分業だ。ルー族の里でも仕事の分担は行われているが、帝国のそれはもっと細かい。仕事の細分化によって各自の負担を軽減し、効率を高めているのだ。

ルー族の里でも同じことができないかと思ったが、実現は困難だ。人数がそれほど多くないし、そんなことをしなくても生活が成り立っているのだ。何も問題が起きていないのにやり方を変えるのは難しい。

仕事によって負担が異なるのも問題だ。仕事によって負担が異なれば不満を覚える者が必ず出てくる。不満を抑えつけることは不可能ではないが、それで手を抜かれては分業の意味がない。では、帝国がどうしているかといえば金――貨幣制度というもので問題を解決している。仕事をすれば金をもらえ、その金で欲しいものを手に入れたり、人を働かせたりすることができる。金がなければ何もできないので危機感を与えることもできる。実によくできた制度である。

貨幣制度の件はさておき、帝国は分業によって成り立っている。逆にいえば何もしていない自分は帝国という輪の外にいるということだ。由々しき事態だ。ルー族は帝国と共に歩む道を模索すると決めたのに輪の中にさえ入れないのだから。

どうすれば輪の中に入れるのかを考えていると、眠気が襲ってきた。いけない。このままでは眠ってしまう。起きなければ。そう思う。だが、だがしかし、眠気は強烈だ。抗えない。意識が途切れがちになり、やがて――。

「――ッ！」

スーはハッとして体を起こした。ベッドから下りて距離を取る。危ない所だった。危うく眠ってしまう、いや、数秒か数十秒ほど意識が途切れただろうか。とにかく、危うかった。息を吐き、手の甲で汗を拭う。視線を巡らせ、部屋の様子を確認する。アレオス山地にある自分の家が入るほど広いが、居心地がよすぎる。

何とかしなければと考えたその時、ぐぅ～という音が響いた。腹の鳴る音だ。どちらを優先すべきか悩み——。

「飯、食べる」

食事を優先することにした。腹が減っては戦ができぬ。つまり、そういうことだ。壁に立て掛けた槍に手を伸ばし、頭を振る。いけないいけない。またアレオス山地のつもりで槍を手に取ってしまう所だった。

「ここ、アレオス山地、違う」

状況を再認識するために呟き、部屋を出る。一直線に伸びた廊下を進み、扉の前で足を止める。クロノの部屋の扉だ。最近、クロノは何処かに出掛けたり、話し合いをしたりと忙しそうにしている。そのせいか一緒に朝食を食べられないことが多い。不満だが、自分は大人だ。我慢できる。だから、朝はクロノ様の部屋に入ってはいけませんというメイドのお願いにも従う。再び足を動かす。クロノの部屋の前を通り過ぎ、階段を下り、また廊下を進んで食堂に入る。すると――。

「おはようございます」

メイドと呼ばれる女達の長――アリッサが声を掛けてきた。長という立場からか、それとも子どもがいるからか、何かと気に掛けてくれる。

「おは、よう」

「すぐに朝食を用意するので席に着いてお待ち下さい」

スーは小さく頷き、視線を巡らせた。テーブルには二人の人物――ティリアとエリルが向かい合うように座っている。アリッサの話によればティリアはクロノの正妻、エリルはティリアの護衛らしい。その割に一緒にいないことが多いので実際は違うのだろう。空いている席――エリルの隣に座る。

「おは、よう」

「……おはよう」

スーが挨拶をすると、エリルはやや間を置いて挨拶を返してきた。いつもムスッとした顔をしているが、今日はいつも以上にムスッとしている。

「どうかしたか？」

「……どうもしない」

やはり間を置いて答える。ふふん、とティリアが鼻を鳴らす。

「サルドメリク子爵は女将が料理を作ってくれないから不機嫌なんだ」

「……皇女殿下は危機感が足りていない」

「なんだと⁉」

ティリアが立ち上がって叫ぶ。

「……皇女殿下」

「分かっている」

アリッサが静かに声を掛けると、ティリアは渋々という感じでイスに座った。

「それでは、私は朝食の準備をして参ります」

「うむ、分かった」

アリッサは深々と頭を垂れるとこちらに背を向けて歩き出した。扉を開け、その中に消える。ややあって――。

「それで、私に危機感が足りていないとはどういうことだ？」

「女将は夜伽をしている」

「それは……。仕方がないだろ」

ティリアは口籠もりながら言った。夜伽とは子作りのことである。妻である自分にもその資格はあるはずだが、いや、止そう。きっと、自分にはその資格がまだないのだ。

「……皇女殿下には危機感だけではなく、他の要素も足りていない」

「他の要素とは何だ？」

「……分からない」

ティリアが尋ねるが、エリルは答えない。いや、答えられない。

「お前、口から出任せを言ってないか？」

「……私が嘘を吐く理由はない」

「あるだろ。お前は女将の料理が好きだ」

「……肯定する。女将の料理は美味しい」

「だからだ。お前は私が夜伽をする回数を増やせば女将の料理を食べる機会を減らさずに済むと考えているんだ」

「…………そんなことはない」

エリルはかなり間を置いて否定した。やや視線を逸らしている。これでは嘘を吐いたと白状しているものだ。ふん、とティリアは勝ち誇ったように鼻を鳴らした。

「大体、私に何が足りていないと言うんだ」

なあ？　とティリアがスーに視線を向ける。こちらに話を振らないで欲しい。自分だってどうすれば夜伽をする資格が得られるのか考えているのだから。だが、いい機会だ。比較対象がいると分析しやすい。

　まずティリアの胸を見て、次に自分の胸を見下ろす。死の試練に挑む時、クロノは族長に生き残ったら指の痕が付くくらいおっぱいを揉んでやると言っていた。このことからおっぱいに強い執着を持っていることが窺える。だが、おっぱいの件は考えなくてもいいだろう。自分達の共通点を探すのだ。

　う～ん、とスーは唸った。困った。驚くほど共通点がない。本当に共通点がないのだろうかと頭を捻り、あることに気付いた。

「おれ、ティリア、仕事、ない」

「――ッ！」

　スーが自分達の共通点を口にすると、ティリアはぎょっと目を剥いた。

「な、何だと？」

「おれ、ティリア、仕事、ない。帝国、仕事、分けてる。おれ達、仲間外れ」

　ティリアが声を絞り出すように言い、スーは憂鬱な気分になって溜息を吐いた。考えてみれば簡単なことだったのだ。

「……なかなか鋭い分析」

「当然、おれ、呪医」

エリルがぼそっと言い、スーはちょっとだけ胸を張った。

「待て待て、私は仕事をしているぞ?」

「……皇女殿下、嘘はいけない」

「嘘なんて吐いていない」

エリルの言葉にティリアはムッとしたような表情を浮かべた。

「……参考までに聞く。どんな仕事をしている?」

「クロノの子どもを授かるべく頑張ってるぞ」

「……それは他の人も同じ」

ティリアが何処か誇らしげに言うと、エリルは溜息交じりに言った。

「私は正妻だぞ。つまり、私とクロノの子どもが世継ぎだ。大事なことじゃないか」

「……他には?」

「…………クロノの話し相手になってるぞ」

エリルの問いかけにティリアはかなり間を置いて答えた。先程に比べ、声が小さい。もしかして、苦し紛れに言ったのだろうか。

「……皇女殿下はとても残念」

「誰が残念だ⁉　大体、お前だって仕事をしてないじゃないか！」

「……私は皇女殿下の監視役を務めている」

ティリアが言い返すと、エリルは淡々と応えた。スーは内心首を傾げる。護衛という話だったが、聞き違えたのだろうか。まあ、それはさておき——。

「エリル、嘘、駄目」

「——ッ！」

スーの言葉にエリルはぎょっとした表情を浮かべた。

「……私は皇女殿下の監視をしている」

「嘘、二人、一緒、ない」

「……」

二人はいつも一緒にいる訳ではない。それを指摘すると、エリルは押し黙った。

「いいぞ！　もっと言ってやれッ！」

「ぐう……」

ティリアが囃し立て、エリルが口惜しげに呻いた。どうやら、自分達は輪の中にいない者同士だったようだ。胸を撫で下ろす。仲間がいると少しだけ気分が楽になる。

「……皇女殿下と同じとは由々しき事態」

「何だと⁉」

エリルが脂汗を流しながら言うと、ティリアが声を荒らげた。このまま喧嘩になるのではないかと思ったが、タイミングを見計らっていたように扉が開いた。扉を開けたのはアリッサだ。彼女が扉の脇で立ち止まると、眼帯を付けたメイドと背の低いメイドが銀のトレイを持ってやって来た。

アリッサが扉を閉め、二人のメイドがテーブルに料理を並べ始める。今日の朝食はパンとスープ、焼き魚、そしてサラダだ。ぐぅという音が響く。お腹の鳴る音だ。すぐにでもパンを頬張りたいが、我慢する。

二人のメイドが料理を並べ終えると、アリッサがしずしずと歩み寄る。食堂に漂う、いや、自分達の間に蟠る異様な空気に気付いたのだろう。訝しげに眉根を寄せる。

「どうかなさったのですか？」

「いや、何でもないぞ」

「……同じく」

「……おれも」

アリッサが理由を尋ねるが、ティリアは嘘を吐いた。エリルもだ。スーは本当のことを言うべきか迷ったが、やはり嘘を吐いた。

「悩み事があったら仰って下さい。話を聞くことくらいはできますから」

「ああ、その時は頼む」

「……分かった」

「よろしく」

それで何とかなるものか疑問に思ったが、スーはティリアとエリルに倣った。

※

「ごちそう、さま」

「はい、お粗末様でした」

スーが手を合わせて言うと、アリッサはにっこりと微笑んだ。立ち上がり、視線を巡らせる。エリルの姿はない。食事を終えるとさっさと何処かに行ってしまった。ティリアはといえばのんびりと香茶を飲んでいる。ああ、とアリッサが声を上げる。

「今日はお部屋の掃除をしますので——」

「分かった。庭、掃除、終わる、待つ」

「よろしくお願いいたします」

言葉を遮って言うが、アリッサは気分を害した素振りも見せずに頭を垂れた。スーはペこりと頭を下げて食堂から出た。そのまま進む。しばらくして背後からガチャガチャという音が聞こえてきた。食器を重ねているのだろう。

廊下を通り、エントランスホールを抜け、扉を開けて外に出る。庭園では大勢の人間が動き回っていた。仕事を始める準備をしているのだ。これほど大勢の人間が輪の中に入れるのに自分は輪の外にいる。

スーは近くにあった木箱に腰を下ろし、深々と溜息を吐いた。どうすれば輪の中に入れるのだろうと考え、族長の言葉を思い出す。族長は帝国に恭順しないと言った。共に生きる道を模索するだけだとも。

なんてことだ。とんだ思い違いをしていた。共に生きる道を模索するとは輪の中に入れてもらうことではない。帝国の中でルー族として生きる道を探すということだ。当然、相容れないこともあるだろう。だが、その時は知恵を出し合えばいいのだ。そのためにまずはルー族として生活しなければならない。

「家、作る」

スーは立ち上がり、周囲を見回した。だが、目的のものは見つからない。何処にあるのだろうと庭園をうろうろしていると――。

「どうしたの？」

声を掛けられた。声をした方を見ると、そこにはスノウが立っていた。

「何故、いる？」

「非番だからスーの様子を見に来たんだよ。クロノ様にも頼まれてるし」

むぅ、とスーは唸った。気に掛けてくれるのはありがたいが、子ども扱いされているようで面白くない。しかし、これが今の自分に対する評価だ。受け入れるしかない。

「それで、スーは何をしてるの？」

「石、探してる」

「なんで？」

きょろきょろと辺りを見回しながら答えると、スノウが理由を尋ねてきた。

「斧、作る。木、切る。家、作る」

「駄目だよ！」

「何故？」

スノウが声を上げ、スーは理由を尋ねた。

「だって、ここは庭園だよ？　手入れはしてないけど、木を切ったらクロノ様が怒るよ」

「怒るか？」

「怒るよ」

むぅ、とスーは唸った。いきなり計画が頓挫(とんざ)してしまった。いや、諦めるのは早い。相容れないことがあれば知恵を出し合えばいいと結論づけたばかりだ。

「どうする？」

「なんで、ボクに聞くの？」

「木、切る、駄目、言った。だから、知恵、出せ」

「え～、そんなこと言われても……」

スノウは困ったように眉根を寄せた。スーは周囲を見回し、ようやく石を見つけた。大きめの、一抱(ひとかか)えもある石だ。これならばいい斧になるだろう。足を踏み出すと、スノウが回り込んできた。

「邪魔(じゃま)」

「今、考えてるからもうちょっと待ってッ！」

「分かった」

スーは提案を受け入れることにした。できるだけ早く家を作りたいが、すぐに作らなければ死ぬという状況ではない。う～ん、う～ん、とスノウは唸った。それだけではなく忙しく目を動かしている。しばらくして――。

「工房で木をもらおう」

「工房、二つ、どっち？」

「ドワーフの工房かな？」

スーが尋ねると、スノウは自信なさそうに答えた。ドワーフの工房とは石造りの塔のことだ。確かにあそこではいつも何かを作っているので、木を分けてもらえそうだ。

「行く」

「待ってよ」

スーが歩き出すと、スノウが情けない声を出して付いて来た。

「おや、どうかしましたかな？」

スー達がドワーフの工房の前に着くと、工房の長――ゴルディが近づいてきた。

「木、欲しい」

「木ですか？」

ゴルディが鸚鵡返しに呟き、スノウが前に出る。

「スーが家を作るために木を切りたいって言ってて、それで……」

「ああ、なるほど」

スノウが申し訳なさそうに言うと、ゴルディは合点がいったとばかりに頷いた。

「それで、どんな家を建てるのですかな？」

「これ、作る」

スーはその場に座り、地面に絵を描いた。すると、ゴルディもその場に座った。髭をしごきながらほぅほぅと声を上げる。

「骨組みのために木が必要ということですな。そういうことならいい木がありますぞ」

「本当か？」

「ええ、紙を作る時に出る廃材が山ほどありますからな。ところで、骨組みはどうやって固定するつもりですかな？」

「草、木の皮、縒る」

「は～、なるほどなるほど」

ゴルディは髭をしごきつつ頷いた。その時、スノウが小さく唸った。

「どうした？」

「草はともかく、木の皮を剥がしたらクロノ様は怒るんじゃないかなって」

スーが小さく唸った理由を尋ねると、スノウは難しそうに眉根を寄せて答えた。怒るだろうか？　とゴルディに視線を向ける。すると――。

「まあ、怒るかどうか分かりませんが、喜びはしないでしょうな」

「むぅ、紐、ない。固定、無理」

「不要な布を切って紐にすればいいと思いますぞ」

「いい考え」

スーは手を打ち鳴らした。確かに布を切れば紐を作れる。でも、とスノウが呟く。これで三度目だ。嫌な予感しかしない。

「不要な布ってあるのかな？」

「ぐぅ……」

嫌な予感が的中し、スーは呻いた。どうすればそんなに悲観的な要素を見つけられるのか。不思議で仕方がない。

「不要な布ということでしたら工房にありますぞ」

「本当か？」

「前に織機を作ったことがありましてな。動作確認のために布を織ったのですぞ」

スーは胸を撫で下ろした。これで家を建てられる。いや、安心するのはまだ早い。スノウに視線を向ける。彼女はきょとんとした顔をしている。

「どうかしたの？」

「もうないか？」

「ないって何が？」

スノウが不思議そうに首を傾げる。三度も否定的なことを言ったくせにと思わないでもないが、これは言いがかりか。

「どうされますかな？」

「くれ」

「分かりましたぞ」

そう言って、ゴルディは工房に向かった。

※

スーは家を見上げた。ゴルディの工房からもらってきた木と布で作った家だ。材料の都合で族長のテントのようになったが、自分の家には違いない。ここからだ。ここから帝国と共に歩む道を模索するのだ。そんなことを考えていると——。

「こんなことしていいのかな～」

スノウが不安そうに呟いた。

「何故？」

「だって、部屋の中に家を建てちゃうんだもん」

スーが理由を尋ねると、スノウは困ったような表情を浮かべた。視線を巡らせる。家は部屋の中央に建っているが――。

「大丈夫、部屋、広い」

「そういう意味じゃないよ」

スノウが不満そうに唇を尖らせる。だが、理由は尋ねないことにした。理由を尋ねたら家を解体する羽目になるという予感がある。スーは机に歩み寄り、皮袋を手に取った。薬や刻印を彫る道具が入った袋だ。袋を担いで家の中に入り、腰を下ろす。アレオス山地の家に比べて頼りないが、不思議な安心感がある。

「入る」

「入っていいの？」

「いい」

「えへへ、じゃあ、お邪魔しま～す」

スノウは照れ臭そうに笑い、家に入ってきた。スーの対面に腰を下ろす。

「結構、中は広いんだね。そういえば、どうして家を建てようと思ったの？」

「ルー族、帝国、歩む道、模索してる」

「へ〜、そうなんだ」

　スノウが相槌を打つ。だが、あまり関心がなさそうだ。数少ない友人なので知恵を貸して欲しかったのだが、この分だと諦めた方がよさそうだ。そんなことを考えていると、ガチャという音が響いた。扉が開く音だ。四つん這いになって家から顔を出し、扉の方を見る。すると、エリルが立っていた。

「どうした？」

「……うるさかったので様子を見に来た」

　エリルがぼそぼそと答える。そこで彼女が本を抱いていることに気付いた。彼女ならばいい知恵を出してくれるはずだ。それに仕事をしていない者同士だ。

「来る」

「……断る。私は暇ではない」

「お前、嘘吐き」

「……私は本当のことを言っている」

　エリルはムッとしたように言い返してきた。だが——。

「お前、仕事、ない。暇人」

「……分かった。少しだけ付き合う」

エリルは溜息交じりに言い、部屋に入ってきた。スーが家の中に引っ込むと、ガチャという音が響いた。扉を閉めたのだろう。しばらくして彼女が家の中に入ってきた。何故かスノウが居住まいを正した。

「何故？」

「……私は近衛騎士団の団長、彼女は一般兵。立場が違う」

スノウに尋ねたつもりだったのだが、答えたのはエリルだった。

「お前、仕事、ない。スノウ、仕事、ある。帝国、不思議、仕事ないヤツ、偉い」

「スー！　そんなことを言っちゃ駄目だよッ！」

正直な感想を口にすると、スノウが悲鳴じみた声を上げた。

「……構わない。スーが無礼なのは知っている」

「構わない、言ってる」

「社交辞令だよ」

スノウが今にも泣きそうな声で言い、エリルは深々と溜息を吐いて腰を下ろした。

「……どうして、私を呼んだのか教えて欲しい」

「おれ――」

スーはこれまで――ベッドで目を覚ましてから家を建てるまでの経緯を語った。スノウはぽかんとしているが、エリルは神妙な面持ちで頷いている。

「……理解した。スーは社会の一員となることを望んでいる」

「エリル様、よく分かるね？」

「……これでも私は近衛騎士団の団長」

スノウが感心したように言うと、エリルは得意げに小鼻を膨らませた。

「……あと、私のことはエリルでいい」

「でも、貴族なんでしょ？」

「……サルドメリク子爵家は宮廷貴族。よって、フェイ・ムリファインと変わらない」

「フェイと一緒？　じゃあ、エリルの家も没落しちゃったの？」

「……没落はしていない」

スノウが問いかけると、エリルはムッとしたように答えた。だが、と続ける。

「……このままでは没落する可能性が高い」

「そっか。サルドメリク子爵家は没落したような状態なんだ」

「……分かってもらえて嬉しい」

エリルは淡々と言った。全く嬉しそうな顔をしていない。

「じゃあ、立て直さなきゃだね」

「……正直、サルドメリク子爵家が没落しても構わないと思っている」

『没落しちゃったの？』って聞いたらムッとしたくせに変なの」

「……だが、本を読んだり、研究ができなくなったりするのは問題だと考えている」

スノウがぼやくが、エリルは構わずに続けた。そして、こちらに視線を向ける。

「……話が逸れてしまった。話を戻す。スーが私に何を望んでいるのか教えて欲しい」

「知恵、出す」

「……社会の一員となる方法を教えて欲しいと解してよいか？」

そう、とスーは頷いた。

「……それならば簡単。生産活動に従事すればよい」

「生産活動って何？」

「……生産活動とは交換、あるいは取引の対象となる商品を生み出すこと。なお、この場合の商品にはサービスも含まれる」

へ～、とスノウは声を上げた。だが、今一つ理解できていないようだ。

「でも、どうして生産活動に従事すると社会の一員になれるの？」

「……生産活動とは経済活動の一環であり、経済は社会を構成する要素」

「ふ～ん、そうなんだ」

やはり、スノウは今一つ理解できていないようだ。

「で、具体的に何をするの？」

「……仕事をする」

「なんだ、初めからそう言ってくれればいいのに」

「……そう言った」

スノウが何処か責めるように言うと、エリルは拗ねたように唇を尖らせた。

「でも、何の仕事をするの？　仕事って沢山あるよ？」

「……沢山はない。ルー族としてという縛りがある以上、仕事は限られる」

「あ！　そうだったそうだった」

条件を忘れていたのだろう。エリルに指摘されてスノウは声を上げた。

「……スーは何ができる？」

「おれ、呪医。薬、作れる。占い、呪い、する」

「………………占いと呪いは止めた方がいい」

スーができることを言うと、エリルは考え込むような素振りを見せた後で言った。占いはともかく、呪いは呪具の製作も含めてするつもりはない。呪いは危険なものだ。交換や取引の材料にしていいものではない。

「じゃあ、薬だね。お医者さんに診てもらうと沢山お金が掛かるから喜ばれるよ」

「……だが、問題がある」

スノウが嬉しそうに言うと、エリルがぼそっと呟いた。嫌な予感がした。

「問題、何？」

「……端的にいえば店が必要」

スーがどんな問題か尋ねると、エリルはぼそぼそと答えた。言われてみればという気はする。何処に呪医がいるのか分からなければ訪ねようがない。

「クロノ様にお願いすれば手配してもらえるんじゃないかな？」

「駄目」

「なんで？」

「おれ、大人」

「大人だからクロノ様の力を借りたくないってこと？」

そう、とスーは頷いた。スノウは渋い顔をしている。気持ちは分かる。すでにクロノの世話になっているのだ。それなのに力を借りることを躊躇ってどうすると考えているのだろう。その通りだと思うが、自分の力でという思いもある。

「でも、お店を借りるのってお金が掛かるよ？　お金はどうするの？」

「……問題ない。露店にすれば安価で済む」

スノウの疑問に答えたのはエリルだ。

「露店にすれば安く済むけど、営業許可が必要だし、それだってお金は掛かるよ？」

「おれ、薬、作る」

「……書類は私が書く」

「……」

スノウは無言だ。沈黙が舞い降りる。気まずい沈黙だ。しばらくして口を開く。

「それって、ボクがお金を出すってこと？」

「おれ、金、ない」

「……私もない」

「スーがお金を持ってないのは分かるけど、なんでエリルがお金を持ってないの？　貴族で、近衛騎士団の団長なんでしょ？」

「……さっきも言った通り、サルドメリク子爵家は没落したような状態にある」

「近衛騎士団団長としてのお給料は？」

「……本を買ったのでなくなった」

「お金は計画的に使わなきゃ駄目なんだよ！」

「……反省している」

スノウが叱り付けると、エリルはしおらしい言葉を口にした。だが、表情はいつもと変わらない。あれは何度も同じことを繰り返す顔だ。それが分かっているのだろう。スノウは不満そうに唇を尖らせる。

「駄目か？」

「駄目っていうか、なんでボクなの？」

「スノウ、友達」

スノウは渋い顔をした。何故、友達と言ったのに渋い顔をするのだろう。

「大人だって言ったくせに」

「おれ、大人。できること、できないこと、分かる」

もう！　とスノウは頬を膨らませた。しばらく黙り込んだ後で口を開く。

「……ちゃんと返してよ？」

「借りたもの、返す、当然」

「信じてるからね」

そう言って、スノウは立ち上がった。

※

スノウがお金を持って戻ってきた後、スー達は一階の事務室に行って露店の営業許可申請をした。営業許可が下りて露店を構えることになるのだが、それはまた別の話。

第三章　『今、在るもの』

帝国暦四三一年九月　上旬　朝――ティリアはページを捲る。六柱神について書かれた本のページだ。そこに書かれた文章を目で追い、小さく溜息を吐く。新しい発見があれば神威術士として成長できるのではないか。そんな期待を抱いて本を手に取ったのだが、新しい発見はなかった。当然といえば当然か。手に取ったのは普通の本だ。金さえあれば手に入る。そんなものを読んだくらいで神威術士として成長できる訳がない。

「……横着するなということだな」

ティリアは本を閉じて視線を巡らせた。今いるのは侯爵邸の一室――クロノが士官教育のために開放している部屋だ。長机が二列五段で並び、廊下側の壁には本棚が設置されている。本棚に本を戻して窓を見る。外は薄暗く、煙るような雨が降っている。これでは露店を巡ることもできない。

どうしたものか、と腕を組んだその時、ガチャという音が響いた。音のした方を見ると、アリッサが部屋を覗き込んでいた。ティリアに気付いたのだろう。アリッサは部屋に入り、背筋を伸ばした。恭しく一礼する。どうやら自分を捜していたようだ。

「どうかしたのか?」

「旦那様より言伝を預かっております」

「そうか。それで、クロノは何と言っていたんだ?」

「執務室に来て欲しいとのことです」

「ふむ、クロノが私を呼び出すなんて珍しいこともあるものだな」

はい、とアリッサは静かに頷いた。ややあって――。

「如何なさいますか?」

「もちろん、行くぞ」

「承知いたしました」

ティリアが足を踏み出すと、アリッサは一礼して扉を開けた。部屋を出て、廊下を通り、階段を登り、四階にある執務室の前で立ち止まる。

「クロノ、入るぞ?」

扉を開けて中に入ると、クロノは机に向かっていた。文字を書いているのだろう。カリカリという音が響く。ティリアが歩み寄ると、クロノは手を止めて顔を上げた。

「いらっしゃい」

「何の用だ？」

「何というか、お話がありまして……」

　ティリアが用件を尋ねると、クロノはもごもごと言った。

「お話？　相談事だな。私とお前の仲だ。遠慮しなくていいぞ」

「よかった」

　クロノはホッと息を吐き、居住まいを正した。かなりの難事なのだろう。神妙な面持ちだ。自然と背筋が伸びる。

「実は苦情が入っています」

「苦情？」

　ティリアは思わず問い返した。何の用かと思えば拍子抜けもいい所だ。ああ、いや、決めつけはよくない。わざわざ呼び出したくらいだ。大きなトラブルの可能性が高い。

「それで、どんな苦情なんだ？　もしかして、港関連の苦情か？」

「いや、そうじゃないよ」

「ふむ、港関連の苦情でなければ……」

　ティリアは腕を組み、クロノが抱えそうなトラブルについて思考を巡らせた。港関連ではないとなると女がらみだろう。以前——ハーフエルフと関係を持った時に忠告したのだが、無駄になってしまったようだ。本当に仕方のないヤツだ。欲望の赴くままに行動しているからそうなる。だが、見捨てるという選択肢は存在しない。そんな思いを込めて見つめると、クロノは静かに口を開いた。

「エレナから端金を何度も精算しに来るなって文句を言われてるんだよ」

「だったら纏めて精算すればいいじゃないか」

「流石に纏まった額になるまで立て替えさせるのは……」

クロノは深々と溜息を吐いた。言葉足らずで何を言っているのか分からない。

「お小遣い制を導入しようと思うんだけど、どうかな？」

「お小遣い？」

ティリアは鸚鵡返しに呟いた。何を言っているのか分からない。いや、お小遣いがどういうものかは理解しているのだが――。

「どうかな？」

「い……」

いいんじゃないか？　と言いかけて口を噤む。何を言っているのか分からないのに頷くべきじゃない。そんな判断が働いたからだ。

「クロノ、お前は何を言ってるんだ？」

「お小遣い制導入についての相談」

「誰の？」

「……ティリア」

ティリアが尋ねると、クロノは目を逸らして言った。

「は⁉　どうして、私がお小遣いをもらわなきゃいけないんだ？」

「今言った通り、エレナから苦情が来てます」

「私は苦情を言われるようなことをしていないぞ」

ティリアがムッとして言い返すと、クロノは深々と溜息を吐いた。引き出しを開け、数枚の紙を取り出す。

「アリデッドとデネブからも苦情が入ってます」

ぐぬッ、とティリアは呻いた。確かにアリデッドとデネブに飲食代を奢らせているが、小まめに精算しているとは思わなかった。

「読む？」

「いらん！」

ティリアは声を荒らげた。クロノは数枚の紙――アリデッドとデネブから寄せられた苦情を引き出しにしまい、こちらに視線を向けてきた。

「そういう訳でお小遣い制を導入しようと思うんだけど――」

「嫌だ」

「なんで⁉　誰も損しない提案だよ？」

ティリアが言葉を遮って言うと、クロノは驚いたように目を見開いた。

「私はお前のお嫁さんだぞ？」

え⁉　とクロノが声を上げ、ティリアはバンッと机を叩いた。

「私はお前のお嫁さんだな？」

「は、はい、そうです」

ティリアが身を乗り出して尋ねると、クロノは上擦った声で答えた。声が上擦っている点が気になるが、勘弁してやろう。体を起こして腕を組む。

「結婚はまだだが、私はお前のお嫁さんだ。異論は認めない」

はい、とクロノは頷いた。死の宣告を受けたかのように深刻そうな顔だ。

「嬉しくないのか？」

「いや、ずっと先のことだと思ってたから……」

「な⁉　私の純潔を奪っておきながら、なんて男だ」

「僕の記憶と食い違いがあるんだけど……」

クロノが呻くように言った。もちろん、ティリアだって投げ飛ばして襲ったことを覚えている。だが、若気の至りはなかったことにしたいのだ。

「それで、何が問題なの？」

「私はお前のお嫁さんだ」

「それはもういいから」

「ぐッ……」

クロノがうんざりしたように言い、ティリアは呻いた。なんてひどい男だろう。

「小遣いとは親が子どもにやるものだろう？」

「奥さんが旦那さんにってパターンもあるけどね」

「そうなのか？　って、それはいいんだ。私はお前と対等なつもりだ。それなのにお小遣いをもらうのは変じゃないか」

「気にしすぎじゃないかな」

「お前にとってはそうかも知れないが、私にとっては大事なことなんだ」

ティリアはちょっとムッとして言い返した。他の女と比べられる環境な上、ベッドでいいようにやられている。もう引け目を作りたくないのだ。

「じゃあ、僕が立て替えて交際費として精算するのはどう？」

「同じことじゃないか」

「なら仕事を――」

「嫌だ」

クロノの言葉をティリアは遮った。

「なんで、働きたくないの？」

「働いてるぞ。お前の子どもを授かるべく頑張っているじゃないか」

「……」

クロノは無言だった。無言で微妙な表情を浮かべている。

「文句があるのか？」

「ありません」

ティリアが拳を握り締めて言うと、クロノは即答した。うむ、正直でよろしい。

「それに、今はこの自由を満喫したいんだ」

「税金で生活していることをお忘れなく」

「ぐッ、分かってる」

クロノに釘を刺されてティリアは呻いた。

「ティリアの気持ちは分かったよ」

「本当か？」

「でも、これから徴税で忙しくなるのにエレナに負担を掛けるのは……」

「分かった。お前の提案を受け入れる」

クロノが溜息交じりに言い、ティリアは仕方がなく提案を受け入れることにした。

「本当に⁉」

「ただし！　半分だけだッ！」

「半分？」

「『交際費として精算する』の部分を受け入れる」

「元金──って言い方が正しいのか分からないけど、元金はどうするの？」

「自分で稼ぐ」

「大丈夫？」

「失礼なヤツだな、お前は。私はこれでも軍学校を首席で卒業しているんだぞ。それに、露店を巡って世の中のことに詳しくなった。だから、大丈夫だ」

クロノが心配そうに言い、ティリアはムッとして言い返した。

「どうだ？」

「結局、お小遣い制と変わらないような気がするけど……」

「そうかも知れないが、大事なのは納得(なっとく)だ。私が納得している。これが一番大事なんだ」

「まあ、ティリアが納得してるんなら」

「よし、決まりだ。早速(さっそく)、お金を稼ぐアイディアを考えてくる」

「期待しないで待ってるよ」

「重ね重ね失礼なヤツだな、お前は！」

ティリアは声を荒(あら)らげ、クロノに背を向けた。闘志(とうし)が湧(わ)き上がる。きちんと元金を稼いで吠(ほ)え面(づら)をかかせてやるのだ。部屋から出ると——。

「「あッ——」」

アリデッドとデネブに出くわした。

「ナイスタイミン——」

「「撤退(てったい)！」」

ティリアが言い切る前に二人は逃(に)げ出した。脱兎(だっと)の如くとはこのことか。乱暴に扉を閉めて二人を追う。双子(ふたご)だけに身体能力は変わらないのだろう。横並びで走っている。一方が肩越(かたご)しにこちらを見て——。

「ぎゃひぃぃぃッ！　追ってきてるしッ！」

「廊下が二手に分かれてるみたいな！」

一方が叫び声を上げ、もう一方が前方を指差して叫んだ。前を見る。確かに二手──左右に分かれている。どうするつもりだ？　とティリアは舌で唇を湿らせた。

「一、二の三で左右に分かれるみたいな！」

「どのみち、一人が捕まるし！」

「その代わり、もう一人が助かるみたいな！」

二人は無言で見つめ合った。悲壮な決意を感じさせる。正面に向き直り──。

「一、二の三ッ！」

二人は掛け声と共に右に曲がった。二人とも右に曲がってどうする、とティリアは心の中で突っ込みを入れる。

「お姉ちゃんの、馬鹿馬鹿馬鹿！　なんで、左に行かないの⁉」

「直前までは左に行くつもりだったみたいな！」

デネブが叫び、アリデッドが叫び返した。

「じゃあ、なんで⁉」

「自分が犠牲になるかもと考えたら体が勝手に動いてたみたいな」

「お姉ちゃんの、馬鹿！」

デネブは大声で叫ぶと急激にスピードを落とした。アリデッドもだ。当然か。すぐ目の前に壁が迫っていたのだ。言い争って階段の前を通り過ぎたせいなのだが——。二人は壁際で立ち止まった。ティリアが歩み寄ると、アリデッドが前に出た。我が身を犠牲にして妹を守ろうとしているのだろう。麗しき姉妹愛だ。

　アリデッドはティリアの前で立ち止まると祈るように手を組み——。

「妹を差し出すからあたしは助けてみたいな！」

　最低なことを言った。

「お姉ちゃん、最低！」

「何が最低ですかみたいな！　一人でも助かった方がいいに決まってるしッ！」

「前々から思ってたけど、お姉ちゃんは勝手すぎ！」

「何処が勝手みたいな！　あたしほど気遣いのできるエルフはいないしッ！」

　アリデッドとデネブはギャーギャーと言い争いを始めた。

「うるさい！　静かにしろッ！」

「「……はい」」

　ティリアが叫ぶと、二人は言い争いを止めてその場に正座した。アリデッドがちらちらと視線を向けてくる。自分だけは助けて欲しい。そんな気持ちが伝わってくる。

「そんな目で見ても無駄だぞ？　二人とも逃がすつもりはない」

「お、鬼がいるし」

「鬼はお姉ちゃんだよ」

アリデッドが震える声で言い、デネブが突っ込みを入れる。だが、ティリアが見ているせいか、今度は言い争いにならなかった。

「よし、食堂に行くぞ。付いて来い」

「「……はい」」

アリデッドとデネブはやや間を置いて頷いた。

※

昼食まで間があるせいか、食堂には誰もいなかった。ティリアが席に着くと、アリデッドとデネブは対面の席に座った。どうやって切り出すべきか考えていると――。

「痛ッ！」

アリデッドが悲鳴を上げた。デネブが肘で小突いたのだ。アリデッドが睨み付けると、デネブはぷいっと顔を背けた。沈黙が舞い降りる。気まずい沈黙だ。しばらくして覚悟を決めたのだろう。アリデッドがおずおずと口を開いた。

「え、えへへ、姫様。今日は何の用みたいな？　あたしらは給料日前で——」

「さっき、クロノに呼び出された」

「「——ッ！」」

ティリアが言葉を遮って言うと、二人は息を呑んだ。

「な、何のことだか分からないし」

「そ、そうだし！」

「あ、あたしらは別に『姫様に奢らされて辛いし』とか、『非番の日に限って出くわすとか嫌がらせですかみたいな？』なんて苦情——痛ッ！」

アリデッドが再び悲鳴を上げた。デネブにまた肘で小突かれたのだ。

「まあ、そのことはいいんだ」

「そうですかみたいな。流石、分かってらっしゃるみたいな」

「……」

アリデッドは手を打ち鳴らし、嬉しそうに言った。だが、デネブは無言だ。この先は地獄だ。そんな確信を抱いているかのように悲痛な表情を浮かべている。

「それで、金を稼ぐことになった」

「「どういうことですかみたいな？」」

「実は――」

二人が口を揃えて言い、ティリアはこれまでの経緯を大雑把に説明した。

「という訳だ」

「ところで、姫様」

説明を終えると、アリデッドが手を挙げた。

「何だ？」

「なんで、あたしらにそんなことを話すのみたいな？」

「原因はお前らなんだから手伝え」

「いやいや、原因は――痛ッ！」

アリデッドは濁った悲鳴を上げた。またしてもデネブに肘で小突かれたのだ。

「さっきから何するかなみたいな⁉」

「姫様、相談タイムみたいな」

「手短にな」

二人はイスから立ち上がると、ティリアに背を向けて相談を始めた。しばらくして二人はティリアに向き直り、イスに座った。

「協議した結果、姫様を手伝うことにしたみたいな」

「参考までに姫様はどんな仕事がお好みみたいな？」

「うむ、短期間でがっつり稼げる仕事だ」

「「……」」

ティリアが希望を伝えると、アリデッドとデネブは押し黙った。二人は無言で目配せし、アリデッドがおずおずと口を開く。

「具体的にどれくらいみたいな？」

「半日、いや、長くても一日だな」

「「……」」

ティリアの言葉に二人はまたしても押し黙った。

「何だ？　何か変なことを言ったか？」

「非常に言いにくいのですが……」

「構わん。言ってみろ」

アリデッドが呻くように言い、ティリアは発言を促した。すると——。

「姫様は労働を舐めてますみたいな！」

アリデッドは立ち上がり、テーブルをバンバン叩きながら言った。

「半日や一日でがっつり稼げる仕事があるならあたしらがしてるみたいな！　というか、

あたしらはがっつり働いて月給金貨二枚みたいなッ！」

「どうどう、落ち着くみたいな」

デネブが宥めると、アリデッドは渋々という感じで席に着いた。興奮冷めやらぬアリデッドの代わりにデネブが口を開く。

「姫様、半日や一日でがっつり稼げる仕事なんて存在しないみたいな」

「そうか？　私は学もあるし、剣の腕も立つから、いけると思ったんだが……」

「学も、剣の腕もお金に換えるには時間が掛かるし」

デネブは溜息交じりに言った。

「半日や一日でがっつり稼げる仕事はないのか？」

「そういう仕事は基本的に肉体労働だし。それにしたって姫様が求めるレベルの『がっつり』は難しいみたいな」

「そうか、なかなか難しいものだな」

ティリアは小さく溜息を吐いた。アリデッドに怒られ、デネブに諭されると、ちょっと都合よく考えすぎたかという気がしてくる。

「ところで、私が求めるレベルでなければ短期間で稼げる仕事はあるのか？」

「運がよければだけど、下水溝あさりはそれなりに稼げるみたいな」

「ネズミが凶悪だし、銀のスプーンを拾っても安く買い叩かれることが多いし」

当時のことを思い出したのか、二人は深々と溜息を吐いた。それにしても下水溝あさりか。そんな仕事があるとは思わなかった。

「参考までに聞いただけだが、下水溝あさりは却下だな」

「『それがいいし』」

ティリアの言葉にアリデッドとデネブは頷いた。

「他に短期間でがっつり稼げる仕事はないだろうか」

ティリアが腕を組んで唸ると、アリデッドが手を挙げた。

「何だ？」

「体で稼ぐのはありだと思うみたいな」

「破廉恥な提案をしたら首と胴が泣き別れになるぞ？」

「そんなことは言わないし！」

念のために釘を刺すと、アリデッドは声を荒らげた。

「じゃあ、何だ？」

「握手会なんてどうかなみたいな？」

「銀貨一枚で姫様と握手！　いい感じかもみたいなッ！」

アリデッドが鼻息も荒く言うと、デネブはナイスアイディアと言わんばかりに手を打ち鳴らした。悪くないアイディアだが――。

「却下だ」

「『何故⁉』」

アリデッドとデネブが驚いたように目を見開く。

「権威を金に換えるような真似はちょっとな」

「姫様の言い分はもっともだと思うけど……」

「シナー貿易組合から服をもらった人とは思えない台詞だし」

「あれは私から言い出したことじゃないからいいんだ」

ふん、とティリアは鼻を鳴らした。

「でも、そうなると本格的にお金を稼ぐ手段がなくなるし」

「根本的に短期間でお金を稼ごうってのが間違いみたいな」

「別のアプローチが必要だな」

う～ん、とティリア達は唸った。唸り声だけでアイディアは出ない。

「いっそのこと、盗賊でも退治するか」

「『却下だし』」

ティリアが冗談めかして言うと、アリデッドとデネブが真顔で突っ込んできた。真顔で突っ込まれると流石にムカッとする。

「どうして、盗賊退治が駄目なんだ？」

「ケイン隊長を捕まえられなかった姫様が盗賊退治なんて片腹痛いし」

「捕まってひどい目に遭う姿が目に浮かぶようだし」

ぐぬッ、とティリアは呻いた。呻くしかない。

「仕方がない。最終手段だ」

「『最終手段？』」

「そうだ」

アリデッドとデネブが鸚鵡返しに呟き、ティリアは頷いた。

「まず縄を用意する」

「ほうほう、縄を用意するみたいな」

「縄なら元手が掛からなくて済むし」

アリデッドがこくこくと頷き、デネブが安堵したかのように言う。

「次にカド伯爵領に行く」

「荷馬車が必要みたいな♪」

「なんならなんなら♪　馬を借りてもいいし♪」

二人はテーブルをリズミカルに叩きながら言った。

「そして、港の近くに縄を張る」

「それで、どうやってお金を稼ぐみたいな？」

「ここは私の土地だと言い張って退去料をせしめるんだ」

「「……」」

二人は押し黙った。テーブルを叩く手も止まっている。

「どうした？　いいアイディアだろ？　何とか言え」

「何だか犯罪臭がするし」

「権威を金に換えるよりマズそうな感じだし」

二人は俯き、呻くように言った。

「冗談だ。本気にするな」

「「……」」

軽く肩を竦めて言うが、二人は押し黙っている。

「本当に冗談だぞ？」

「分かってるし。姫様はあたしらに犯罪の片棒を担がせないと信じてるみたいな」

「あたしらは姫様が犯罪まがいの方法を取らないと心から信じてるし」

「……」

今度はティリアが押し黙る番だった。全く信用されていない。深々と溜息を吐き、イスの背もたれに寄り掛かる。

「あれも駄目、これも駄目。金を稼ぐのは難しいな」

「これしきのことで金を稼ぐのは難しいとは笑止千万みたいな」

「まあ、ちょっとは成長したかもだし」

アリデッドとデネブはイスの背もたれに寄り掛かり、上から目線の発言をした。ムカッとするが、アイディアも出せていないので反論できない。どうしたものかと考えていると、アリッサが食堂に入ってきた。出入り口の近くで立ち止まる。

「どうした？　またクロノが呼んでいるのか？」

「いえ、旦那様より言伝を預かって参りました」

「クロノから？」

はい、とアリッサは頷いた。あまりいい内容ではないのだろう。申し訳なさそうな表情を浮かべている。正直、今は悪い話を聞きたくないのだが——。

「構わん。話せ」

「はい、旦那様より皇女殿下が金策に苦労しているのであれば伝えて欲しいと」

「ぐぬッ……」

「『流石、クロノ様！　分かってらっしゃるみたいなッ！』」

ティリアが呻くと、アリデッドとデネブは声を弾ませた。

「どうなさいますか？」

「………聞く」

ティリアはかなり悩んだ末に言伝を聞くことにした。現時点で手詰まりなのだ。無為に時間を費やすくらいならば話を聞いた方がいい。そう考えたのだ。

「では、申し上げます。カド伯爵領の原生林付近で肉食獣と思しき影が目撃されているため調査・駆除を依頼したいとのことです」

「報酬はどれくらいだ？」

「金貨十枚とのことです。また死体の処分については皇女殿下にお任せすると」

「金貨十枚か。もう少し――」

「いやいや！　これは破格の報酬だしッ」

「そうだし！　これを断るのは馬鹿のすることだしッ！」

アリデッドとデネブがものすごい剣幕でティリアの言葉を遮った。

「……分かった。クロノの依頼を受ける」

ティリアは悩んだ末に依頼を受けることにした。理由は言伝を聞く決心をした時と同じだ。現状で手詰まりなのだ。それに、神威術士として成長できるのではないかという期待もあった。

「承知いたしました。では、旦那様にそのように伝えます」

「ところで、この依頼は私一人でやらなければならないのか？」

「いえ、そのような話は伺っておりません」

アリッサは恭しく一礼すると食堂から出て行った。ティリアはアリデッドとデネブに視線を向ける。予感がしたのか。二人はぶるりと身を震わせた。

「よし、二人は決定だな」

「ちょっと待って下さいみたいな！」

アリデッドが立ち上がって叫んだ。

「なんだ？　不満なのか？」

「当たり前だし！　久々の二連休を姫様のお守りに費やすなんて真っ平ご免だし！」

「報酬は払うぞ」

「報酬は魅力的だけど……」

そう言って、アリデッドは顔を伏せた。沈黙が舞い降りる。しばらくして顔を上げ、くわッと目を見開いた。

「今回はお断りしますみたいな！」

「で、でも、大金だよ？」

「デネブ、この姉を見くびってはいけないみたいな」

アリデッドは胸を張った。

「金で連休は買えないみたいな！」

「お姉ちゃん最高！」

「もっと誉めるみたいな！　喝采せよみたいな！」

うははははッ！　とアリデッドは笑い声を上げた。

※

翌昼――ティリア達を乗せた荷馬車は街道を西へと向かう。空は晴れ渡っているが、明け方まで雨が降っていたせいだろう。風は強く、空気は冷たい。風が吹き寄せ、ティリアは毛布を握る手に力を込めた。

他の連中は大丈夫だろうか？　と視線を巡らせる。荷台にはアリデッド、デネブ、タイガ、サルドメリク子爵の姿がある。ちなみに御者を務めるのはフェイのお守り役であるサッブだ。防寒対策をしっかりしているからだろう。皆、平気そうだ。

それにしても、とティリアはアリデッドを見つめた。毛布に包まってぼんやりと虚空を眺めている。自業自得だと思うが、こうも元気がないと心配になる。声を掛けるべきか悩んでいると——。

「あれ？　ここは何処みたいな？」

突然、アリデッドがきょろきょろと周囲を見回した。

「さっきまであたしらは食堂にいたような気が……」

「何を言ってるんだ、お前は」

アリデッドが頭痛を堪えるかのように指でこめかみを押さえ、ティリアは溜息交じりに突っ込んだ。アリデッドはハッとしたようにデネブを見た。

「デネブ、あたしに何が？」

「お姉ちゃんの、馬鹿」

「うぉぉぉッ、どうして涙目で馬鹿と言われているのか分からないし！」

デネブが涙目で言い、アリデッドは頭を抱えた。その時——。

「……貴方は侯爵邸からお酒を盗もうとした」

サルドメリク子爵がぼそっと呟いた。だが──。

「え⁉　何だってみたいな？」

アリデッドは耳に手を当てて聞き返した。

「……貴方は侯爵邸からお酒を盗もうとした」

「記憶にないし！　無実の罪だし！　何かの陰謀だしッ！」

サルドメリク子爵が同じ言葉を繰り返すと、アリデッドは声を荒らげた。

「……貴方は現行犯で捕まっている。言い訳は通用しない」

ぐッ、とアリデッドは呻いた。

「……反論は？」

「ありません」

アリデッドが頭を垂れ、ティリアは深々と溜息を吐いた。

「三文芝居はそこまでだ」

「あたしがこれほど深く傷付いているのに三文芝居とは何事ですかみたいな⁉」

「自分で蒔いた種だろうに」

「そうだけど、このタイミングで捕まるのが納得できないみたいなッ！」

ぐぎぎッ、とアリデッドは口惜しそうに歯軋りした。同情している訳ではないが、確かにタイミングがよすぎる。恐らく――。

「……きっと、エラキス侯爵はタイミングを計っていた」

「何ですと⁉」

アリデッドはぎょっとサルドメリク子爵を見た。

「……多分、エラキス侯爵はちょくちょく貴方がお酒を盗んでいたのを知っていた」

「盗むとは人聞きが悪いし！　あたしはクロノ様の代わりにお酒を飲んであげてたみたいな！　それにちょくちょくじゃなくて時々だしッ！」

「お前というヤツは……」

ティリアは指でこめかみを押さえた。だが、まあ、これで合点がいった。サルドメリク子爵の言う通り、クロノはアリデッドが酒を盗んでいたことを知っていたに違いない。なんだかんだとクロノは甘い所がある。このタイミングで捕まえて仕事を任せることで罰としたのだろう。

「大体、クロノ様の代わりにお酒を飲んであげてたのはあたしだけじゃないし」

「――ッ！」

アリデッドが視線を向けると、デネブは勢いよく顔を背けた。

「お前達は……」

「皇女殿下、誤解ですし！」

「デネブ、素と演技が混ざってるし」

アリデッドが突っ込みを入れると、デネブは気まずそうに咳払いをした。

「あれはお姉ちゃんに――」

「確かに唆したのはあたしだけど、選んだのはデネブだし。そろそろ、自分が易きに流れる人間だと自覚した方がいいし」

「ぐッ、悪魔に説教された」

「誰が悪魔かみたいな！」

デネブが口惜しげに言うと、アリデッドが飛び掛かった。またこのパターンか、とティリアは深々と溜息を吐き、サルドメリク子爵に視線を向けた。

「ところで、どうしてお前がここにいるんだ？　お前も何か盗んだのか？」

「……私はそんなことをしない」

「じゃあ、なんでいるんだ？」

サルドメリク子爵がムッとしたように言い、ティリアは改めて理由を尋ねた。

「……本が欲しいので、仕方なく依頼を引き受けた。本当は皇女殿下のように好きなことだけして生きていたいのに人生はままならない」

「失礼だな、お前も！」

ティリアは声を荒らげた。

「……私は間違ったことを言っていない」

「お前とはもう一度決着をつけなければならないようだな」

「まあまあ、喧嘩は止めるでござるよ」

ティリアが指を鳴らすと、タイガが割って入った。

「動機はさておき、拙者達はチームでござる。仲違いは百害あって一利無しでござる」

「それはそうだが……」

ティリアが口籠もったその時――。

「と言ってもそれほど仲がいい訳じゃないし」

「そうだしそうだし」

アリデッドがぼやくように言い、デネブがこくこくと頷いた。

「そうでござるか？　拙者には仲がいいように見えたでござるが……」

「……同意する。貴方達は皇女殿下と仲がいいように見える」

「冗談を言ってもらっちゃ困りますみたいな」

「非番のたびに連れ回されていい迷惑みたいな」

「ぐッ……」

　アリデッドとデネブの言葉にティリアは呻いた。呻くしかない。それなりの関係を築けたと自負していたのだが――。

「こ、これから、これから仲よくなればいいでござる」

「『え～、無理だし』」

「……私は、共闘は今回限りと考えている」

　タイガが取り繕うように言ったが、アリデッド、デネブ、サルドメリク子爵の反応はひどいものだった。ちょっと泣きそうだ。そんなティリアを無視してサルドメリク子爵がタイガに躙り寄った。

「……唐突だが、大剣の柄を見せて欲しい」

「構わんでござるよ」

「……感謝する」

　タイガが大剣の柄を差し出し、サルドメリク子爵が柄頭を指で叩いた。次の瞬間、柄を中心に光の帯が浮かんだ。魔術式だ。サルドメリク子爵は魔術式を見つめ、満足そうに頷いた。不意に魔術式が消える。

「……やはり、カヌチ作のマジックアイテムだった」

「拙者もそのように聞いているでござる」

「……カヌチの魔術式はとても洗練されている。参考になる」

そう言って、サルドメリク子爵は元の位置に戻った。カヌチは鍛冶師の門派だ。初代皇帝のために剣を鍛えたことで名が知れ渡った。時代が下り、マジックアイテムも作るようになったが、名工の地位は揺らいでいない。

ティリアは溜息を吐き、街道沿いに視線を向けた。ふとクロノが作った絵本――モモタロウを思い出す。何とも後味の悪いエンディングだった。それはさておき、モモタロウには畜生とはいえ仲間がいた。だというのに自分には仲間がいない。

どうすれば仲間を作れるのだろうと考えたその時、家が視界に飛び込んできた。クロノがボウティーズ男爵領から移住させたミノタウロス達の家だ。そろそろ昼食だからだろう。煙突から煙が上がっている。

家並みが途切れ、さらにしばらく進むと、男達が地面を掘っていた。反対側に視線を向け、軽く目を見開く。かつて海岸だった場所が港になっていたのだ。港が完成したことはクロノから聞いていたが、実際に完成した姿を見ると驚きが勝る。

港の桟橋には船が停泊し、リザードマンが荷下ろしをしている。彼らが向かう先には倉庫が建ち、その隣では男達が地面を掘っていた。港とその周辺の開発がもう始まっているのだ。どんな街になるのか考えただけで楽しくなってくる。やがて、港が見えなくなり、コーン、コーンという音が聞こえてきた。何の音だろう。訝しんでいると、荷馬車が大きく揺れた。御者席を見る。

「すいやせん！　道が悪くってッ！」

「気にするな！」

サップが御者席で叫び、ティリアは叫び返した。再び道沿いに視線を向けると、原生林が広がっていた。いや、伐採地がというべきだろうか。まあ、どちらでもいいか。目的地に到着したことに変わりないのだ。荷馬車が再び大きく揺れる。スピードを落としたのだ。ガタガタと揺れながらさらにスピードを落とし、やがて止まった。

「ようやく着いたか」

ティリアは小さく息を吐き、荷台から飛び下りた。視線を巡らせる。周囲ではミノタウロス達が斧で木を切ったり、切り株を引っこ抜いたりしていた。

「ようやく着いたみたいな」

「とっとと依頼を済ませて帰るし」

「二人とも油断は禁物でござるよ」

アリデッド、デネブ、タイガの三人が荷台から飛び下りる。サルドメリク子爵はといえば荷台の縁に座ってから地面に下りていた。

「さて、無事に原生林に辿り着いた訳だが、これからどうする？」

「いや、それをあたしらに聞かれても困るし」

「そうだし。それを考えるのは姫様の役目だし」

ぐぬッ、とティリアは呻いた。ちょっとだけムカッとしたが、二人の言い分には一理ある。自分はリーダーなのだ。皆を導かねばならない。

「よし、まず――」

「……彼らに聞けばいい」

「ぐぬッ……」

サルドメリク子爵に言葉を遮られ、ティリアは呻いた。だが、黙っていろと言う訳にもいかない。彼女が指差す方を見ると、ミノタウロス達が近づいてくる所だった。先頭に立っているのは隻眼のミノタウロスだ。ミノの父親でハッという名前だったはずだ。それはさておき――。

「本当に私達が必要なのか？」

ティリアはしげしげとミノタウロス達を眺めた。当然のことながら背は高く、体付きはがっしりとしている。特にあの腕(うで)――牛でも、熊でも絞(し)め殺せそうではないか。

「腕力(わんりょく)が強いからと言って戦えるとは限らんでござるよ」

「そういうものか？」

「そういうもんだし。戦えるようになるには訓練が必要みたいな」

「撤退(てったい)戦で顔を庇(かば)ってまともに攻撃(こうげき)を喰(く)らう敵兵を何人も見たし」

ティリアの疑問に答えたのはアリデッドとデネブだ。

「とりあえず、話を聞くぞ」

「『了解(りょうかい)みたいな！』」

「了解でござる」

「……理解した」

ティリアが歩き出すと、アリデッド、デネブ、タイガ、サルドメリク子爵も続いた。ティリアの存在に気付いたのだろう。ハツ達がその場に跪(ひざまず)いた。皇族の権威がまだ生きているようでちょっとだけ安心する。立ち止まり、事情を説明すべく口を開く。

「実はクロノから――」

「うわーッ！」

ティリアの言葉は絶叫(ぜっきょう)によって遮られた。声のした方を見ると、一人のミノタウロスがこちらに駆けてくる所だった。タイミングがいいのか悪いのか。嘆息して、こちらに駆けてくるミノタウロスに歩み寄る。

「どうした⁉」

「熊だ！　熊が出たッ！」

ミノタウロスは慌てふためいた様子で答えた。

「逃げ遅れた者は？」

「いない。最後まで残ってたのは俺だけだ」

ティリアは内心胸を撫で下ろした。熊退治は初めてだが、逃げ遅れた者がいないのならば落ち着いて対応できる。

「熊退治は私達に任せろ！　行くぞッ！」

「「了解！」」

「……了解した」

ティリアは原生林に向かって駆け出した。といっても開拓は始まったばかりだ。すぐ伐採地と原生林の境界に辿り着く。だが、そこに熊はいなかった。

「もう逃げたようだな」

ティリアは剣の柄に触れながら呟いた。どうしたものかと考えていると、スンスンという音が響いた。肩越しに背後を見ると、タイガが鼻をひくつかせていた。そういえばクロノがタイガは鼻がいいと言っていた。

「もしかして、熊の臭いを追えるのか？」

「それは難しいでござるな」

「そうか」

ティリアは小さく息を吐いた。タイガが熊を追えるのなら楽だったのだが――。

「それに、これは熊の臭いではないでござる」

「そんなことが分かるのか？」

「多少は心得があるでござる」

何の心得だ？　と尋ねようとした時、ガサガサッという音が響いた。音のした方――正面に向き直ると、茂みが揺れていた。剣の柄を握って腰を落とす。熊相手とはいえ、実戦は実戦だ。緊張が高まる。

不意に静寂が訪れる。茂みの動きが止まったのだ。逃げたのだろうか。いや、逃げたと判断するのは早計だ。剣の柄を握ったまま茂みを見据える。十数秒が経過し、緊張を緩めたその時、ガサッという音と共に何か――狼のような生き物が茂みから顔を覗かせた。緊張が緩んでいたこともあってびくっとしてしまう。

「『姫様、びびりすぎだし！』」

「私はびびってなどいない！」

ティリアは肩越しにゲラゲラと笑う二人に言い返した。

「じゃ、ここは姫様にお任せしますみたいな」

「びびってない証拠を見せて欲しいし」

「ああ、やってやる！　お前達は見ていろッ！」

「『じゃ、お任せしますみたいな！』」

「何かあったらすぐに助けるでござる」

「……皇女殿下に任せる」

そう言って、アリデッド、デネブ、タイガ、サルドメリク子爵の四人は少し離れた場所にある倒木に向かった。苛々しながら狼のような生き物に向き直る。狼のような生き物は茂みからじっとこちらを見ていた。頭の高さはティリアの鳩尾くらいだ。これの何処が熊なんだと突っ込みたくなる。狼にしては大きいが、大声で威嚇すれば逃げ出しそうではないか。ふん、と鼻を鳴らして手招きする。

「掛かってこい」

ティリアの言葉が分かった訳ではないだろうが、狼のような生き物が立ち上がる。ぽかんと狼のような生き物を見上げる。多分、先程までは体を伏せていたのだろう。今や頭はティリアの遥か上にある。

のしのしと地面を揺らしながら茂みから歩み出て、ようやく全容が明らかになる。狼のような生き物の身長は二メートルを超えている。いや、かなり前傾なので二メートルを優に超えていると評すべきか。特徴的なのが腕だ。異様に——地面に触れるほど長い。さらにその指先には鉈を連想させる爪がある。

狼のような生き物が腕を振り上げ、ティリアは反射的に後ろに跳んだ。ほんの一瞬前までティリアがいた場所に爪が突き刺さる。もし、あの攻撃をまともに受けていたらやられていた。そう意識した途端、どっと汗が噴き出した。だが、安心したのも束の間、狼のような生き物が再び腕を振り上げる。

「神よ！」

ティリアは祈りを捧げ、神威術を発動させた。神威術・活性、神衣——これで、一撃でやれるようなことはなくなったはずだ。狼のような生き物が腕を振り下ろし、ティリアは鞘から剣を抜き放った。剣と腕がぶつかり、目を見開く。なんと、狼のような生き物は腕で剣を受け止めたのだ。

有り得ないと思ったが、狼のような生き物の体毛を見て合点がいった。体毛は針金のようだった。これならば剣を受け止めることくらいできるだろう。狼のような生き物が腕に力を込め、ティリアはあっさりと後方に弾き飛ばされた。足から着地すると――。

「へいへい、押されてるみたいな！」

「姫様、ファイトだし！　根性を見せるみたいなッ！」

アリデッドとデネブに囃し立てられた。ティリアは横――倒木の陰に隠れるアリデッド達に視線を向けて叫んだ。

「あれの何処が熊だ！」

「そんなことを言われても困るし」

「クロノ様からは肉食獣っぽいとしか聞いてないし」

ぐぬッ、とティリアは呻いた。

「皇女殿下、よければ助太刀するでござるよ」

「大丈夫だ！　私は余裕綽々だッ！」

タイガが気遣わしげに言い、ティリアは剣を中段に構えて狼のような生き物を見つめた。余裕綽々という言葉に偽りはない。だが、どうやって戦えばいいのか分からない。その時――。

「……あれは蛮刀狼」

　サルドメリク子爵がぼそっと呟いた。

「知っているのか？」

「……知っている。博物誌に掲載されていた。だが、証拠がないので著者が捏造したものとばかり考えていた。こんな所で遭遇できるなんてラッキー。ちなみに名前は狼に似た容貌と巨大な爪に由来している」

「弱点は⁉」

「……脳、もしくは心臓」

「脳、もしくは心臓だな！」

　ティリアは剣を持つ手に力を込め、待てよと思い直した。

「大抵の生き物は脳か心臓を破壊すれば死ぬんじゃないか？」

「……そう言った」

「言ってない！」

「……訂正する。蛮刀狼は哺乳類と思われるので脳か心臓を破壊すれば死ぬと思われる」

「思われるばかりじゃないか！」

「……私は学究の徒を自認している。不確実なことは言えない。検証が必要」

　ティリアが突っ込むと、サルドメリク子爵はムッとしたように言った。

「役に立たん！」

「姫様、役に立たないはあんまりみたいな」

「そうだし。ここは誉めて学ぶ喜びを教えてやるべきだし」

「そうでござる」

「私が悪いのか⁉」

ティリアはアリデッド、デネブ、タイガの三人に向かって叫んだ。

「姫様！　前だしッ！」

「――ッ！」

アリデッドとデネブが叫び、ティリアは正面に向き直った。すると、狼のような生き物――蛮刀狼がこちらに駆けてくる所だった。だが、腕が邪魔になっているのだろう。走るのはそれほど速くない。

うぉぉぉぉぉぉッ！　と蛮刀狼が雄叫びを上げ、腕を振り上げる。どうするべきか一瞬だけ悩み、ティリアは跳び退った。目の前を蛮刀狼の爪が通り過ぎる。濁った風切り音を聞き、あの一撃を喰らえば命に関わると確信する。

攻撃を躱されたことに怒りを覚えたのだろうか。蛮刀狼はムキになったように攻撃を繰り出してきた。右から、左から攻撃を繰り出してくる。だが、ティリアは冷静に攻撃を躱した。命に関わるので紙一重で躱すなんて真似はしない。十分な——安全マージンをしっかりと取って躱す。

攻撃を躱し続けている内に蛮刀狼の弱点らしきものが見えてくる。遠心力を使って長い腕を振り回す。確かに脅威だが、注意すべきは先端部だけだ。その先端部にしてもしっかりと腕の長さを把握しておけば難なく避けられる。というのも次の攻撃を繰り出すまでに決して短くないタイムラグが存在するのだ。恐らく、ちょっと長めの槍を装備した歩兵が三、四人で挑めばあっさりと勝ててしまうのではないだろうか。まあ、不意を突かれなければという条件は付くが——。

蛮刀狼が腕を振り上げ、ティリアは地面を蹴った。心の中で祈りを捧げると、白い光が剣を包んだ。神威術・祝聖刃——これならば針金のような体毛をものともせずに致命傷を与えられるに違いない。

ティリアは擦れ違い様に蛮刀狼を斬りつけた。先程、受け止められたのが嘘のように剣は脇腹から入り、背中に抜ける。そのまま駆け抜け、振り返って剣を構える。残心——戦闘において忘れてはいけない要素だ。蛮刀狼がぐらりと傾ぎ、ドーンという音と共に横倒しになった。ぴくりとも動かない。どうやら死んだようだ。

「片付いたぞ」

ティリアが剣を鞘に収めながら歩み寄る。すると、アリデッド達が木の陰から出てこちらに近づいてきた。何だか微妙な表情を浮かべている。

「どうかしたのか？」

「姫様は容赦ないと思ったみたいな」

「もうちょっと手心を加えて欲しかったみたいな」

アリデッドとデネブは視線を逸らしながら言った。お前達は兵士だろうという言葉をすんでの所で呑み込む。二人はティリアが何をしても文句を言う生き物なのだ。チッと舌を鳴らすと、サルドメリク子爵がティリアの脇を擦り抜けた。

「危ないでござるよ」

「……もう死んでいる。だが、一理ある」

サルドメリク子爵は立ち止まり、ぶつぶつと何事かを呟いた。多分、ティリアに魔術をぶっ放した時と同じ手順を踏んでいるのだろう。

「……術式解凍」

サルドメリク子爵が雷撃を放つ。青白い光が直撃し、蛮刀狼が大きく震える。

「文句を言わないのか？」

「見たまんまの行動って感じだし」

「全く躊躇わずに姫様に魔術をぶち込んだという話も聞くし」

ねぇ？　と二人は顔を見合わせて言った。調子のいいヤツらめ、と心の中で悪態を吐きながらサルドメリク子爵に視線を戻す。すると、彼女は跪いてしげしげと死体を眺めていた。不意にタイガが喉を鳴らす。

「どうした？」

「これで終わりでござるか？」

「サルドメリク子爵は著者が捏造したものだと思っていたと言っていたし、もう近辺にはいないんじゃないか？」

「しかし！　あれが最後の蛮刀狼とは思えないみたいなッ！」

「もしかしたら、第二、第三の蛮刀狼が現れるかも知れないしッ！」

「お前達……」

二人の言葉にティリアは顔を顰めた。縁起でもない。そんなことを言って本当に出てきたらどうする。そんなことを考えていると、ガサガサッという音が響いた。茂みが揺れているのだ。しかも、一ヶ所ではない。振り返ると、茂みから蛮刀狼が顔を覗かせた。その数は十頭以上。肩越しにアリデッドとデネブを見る。

「お待ちかねの蛮刀狼だぞ？　手心を加えてどうにかしてみろ」

「いや、無理だし！　涎を垂らしてこっちを見てる相手とは友達になれないしッ！」

「あれは絶対に美味そうと考えてる顔だしッ！」

「戦うしかないでござるな！」

「「身の安全のためには綺麗事を言ってられないし！」」

　タイガが大剣を構えると、アリデッドとデネブも弓を構えた。まったく、とティリアは小さく溜息を吐き、正面に向き直った。サルドメリク子爵はまだ蛮刀狼の死体を観察している。マイペースにも程がある。

「サルドメリク子爵、私達の背後に移動しろ」

「……まだ距離があるから大丈夫」

　そう言って、サルドメリク子爵は立ち上がった。

「……仮想人格起動、術式目録開示、術式選択・雷霆乱舞、軌道及び弾数変更」

　サルドメリク子爵がぶつぶつと呟いていると、蛮刀狼達が立ち上がり、茂みから出てきた。今にも飛び掛かってきそうだ。おぉぉぉぉッ！　と蛮刀狼が雄叫びを上げて駆け出した次の瞬間、サルドメリク子爵の魔術が完成した。

「設定完了、術式解凍！」

　魔術が起動し、青白い光——雷撃がサルドメリク子爵を中心に爆ぜる。そして、腕を一閃させた次の瞬間、青白い光が炸裂した。腕の軌道をなぞるように雷が放たれ、蛮刀狼がバタバタと倒れる。雷が消えると、そこには白煙を上げる蛮刀狼の死体が累々と横たわっていた。ガサガサッという音が響く。音のした方を見ると、蛮刀狼が原生林の奥へと逃げていく所だった。

「「お命頂戴みたいなッ！」」

「……待って」

アリデッドとデネブが矢を放とうとするが、サルドメリク子爵が手で制した。ほぅ、とティリアは声を上げた。なかなか優しい所が――。

「……集団行動を取っていたことから蛮刀狼は何らかの手段でコミュニケーションを取っていると思われる。よって、あの個体をあえて逃がし、群れ全体に人間の脅威を伝えさせるべきだと考える」

なかった。合理的といえば合理的だが――。

「仲間の仇を討ちに来たらどうするつもりだ？」

「……返り討ちにする。それでもまたやって来るのならそれも返り討ちにする。個体数がそれほど多いとは思えないので、やがて打ち止めになると思われる」

そうか、とティリアは溜息を吐いた。蛮刀狼を斬り殺しておいてなんだが、もう少し手心をと思わないでもない。

「……帰るか」

ティリアは空を見上げて呟いた。

※

夕方――ティリア達は侯爵邸に戻ってきた。終業時間が近いからだろう。二つの工房で働く職人達はその準備に追われている。そんな中でフェイとトニーは庭園の片隅で木剣を振っていた。不意に荷馬車のスピードが緩やかなものに変わり、庭園の一角で止まった。

「侯爵邸に着きやしたぜ」

「うむ、ご苦労だった」

「『お疲れ様みたいな！』」

「お疲れ様でござる」

「……お疲れ様」

ティリア、アリデッド、デネブ、タイガは荷台から飛び下り、サルドメリク子爵は荷台の縁に座ってから地面に下りた。

「じゃ、俺は荷馬車を片付けてきやす」

荷馬車が再び動き出し、アリデッドとデネブが両腕を上げて背筋を伸ばした。

「あ～、疲れたみたいな」

「城門の所で降りておけば楽だったみたいな」

「うっかりしてたでござるな」

「……私は夕食まで自分の部屋で本を読む」

サルドメリク子爵が侯爵邸に向かって歩き出す。すると、それが切っ掛けになったかのようにアリデッド、デネブ、タイガの三人は正門に向かって歩き出した。解散の宣言をしたかった訳ではないが、ちょっとだけ寂しい。

疲れた、とティリアは呟き、フェイのもとに向かった。用事がある訳ではないが、サルドメリク子爵と同じ方向に行きたくなかったのだ。ティリアに気付いたのだろう。フェイが素振りを止める。

「続けていいぞ」

「了解であります！」

そう言って、フェイは素振りを再開した。夕方だというのに元気一杯だ。ティリアは木箱に腰を下ろすと太股を支えに頬杖を突いた。ぼんやりとフェイ達を眺める。そこでトニーの服が新しくなっていることに気付いた。

「……新しい服を買ったんだな」

「そうであります！」

ティリアがぼそっと呟くと、フェイが素振りをしながら応えた。こちらに意識を割いているのに型が崩れない。

「シナー貿易組合二号店で買ったのであります！　トニーだけではなく、マシュとソフィの分も買ったでありますよッ！」

「太っ腹だな」

「それほどでもないであります！」

フェイは素振りをしながら応えた。だが、先程までと違って型が崩れている。誉められて嬉しいのだろう。

「やっぱり、弟子は可愛いか？」

「未来への投資であります！　ムリファイン家を再興した時に家臣は必要でありますからねッ！　今から手懐けておくのであります！　青田買いでありますッ！」

「師匠、そういうことは言わない方がいいんだぜ」

「何故でありますか⁉」

トニーがぼやくように言うと、フェイは声を張り上げた。

「下心があると分かると萎えるんだぜ」

「きちんと気持ちを伝えないと、踏み倒されそうで怖いのであります！」

「まあ、服代は返すけど……」

「――ッ！」

トニーがごにょごにょと言うと、フェイはぴたりと動きを止めた。ぎょっとした表情を浮かべている。それに気付いたのだろう。トニーは素振りを止めた。

「師匠、どうしたんだぜ？」

「利子は付かないのでありますか？」

「利子？　あ～、いや、うん、利子も付けるぜ」

「そうでありますか」

フェイは胸を撫で下ろした。剣術の稽古まで付けているのだから割に合わないような気もするが――。いや、言うまい。彼女が納得しているのならそれが正解なのだ。

「師匠、そろそろ――」

「救貧院の門限でありますね。帰っていいでありますよ」

フェイが言葉を遮って言うと、トニーは自身の木剣を差し出した。

「じゃ、また明日なんだぜ」

「また明日であります」

フェイが木剣を受け取ると、トニーは侯爵邸の正門に向かって駆け出した。フェイは二本の木剣を脇に抱えると歩み寄ってきた。

「将来が楽しみであります」

「……そうだな」

ティリアは少しだけ間を置いて頷いた。フェイが期待しているほどの収穫はないと思うが、口にしない方がいいだろう。

「そういえばクロノ様の依頼を受けたと聞いたでありますが……」

「うむ、依頼は無事に達成できた」

「それはよかったであります。ところで、報酬は如何ほどでありますか？」

「金貨十枚だ」

「――ッ！」

フェイは再びぎょっとしたような表情を浮かべた。

「何だ？」

「皇女殿下は甘やかされているであります」

「そうか？」

「そうであります！」

フェイが語気を強めて言うが、今一つ納得できない。もしかして――。

「お前も何杯も香茶を勧められたのか？」

「何のことでありますか？」

「何でもない」

フェイがきょとんとした顔で問い返し、ティリアは顔を背けた。

「それで、首尾はどうだったでありますか？」

「上々だったと思うが、あまり成長した気がせんな」

「成長でありますか？」

「戦いを経験すれば神威術士として成長できると思ったんだ」

「なるほど、そういうことでありますか」

フェイは合点がいったとばかりに頷いた。

「お前はどう思う？」

「戦いによって成長することはあると思うであります。かくいう私も南辺境でロバート殿と戦い、神威術・神器召喚に開眼したのであります」

「なんだと⁉」

　フェイが自慢げに言い、ティリアは目を見開いた。まさか、こんな近くに神器召喚の使い手がいるとは思わなかった。

「どうやるんだ？」

「裂帛の気合いと共に抜剣するのであります」

「ちょっとやってみせてくれないか？」

「分かったであります。こっちの木剣を持ってて欲しいであります」

「ああ、分かった」

　一方の木剣を受け取る。すると、フェイはティリアから距離を取った。静かに目を閉じ、木剣を腰だめに構える。静寂が舞い降りる。呼吸することを忘れそうになるほどの緊張感を伴った静寂だ。風が吹き、フェイが目を見開いた。

「神器召喚、抜剣ッ！」

　フェイは裂帛の気合いと共に木剣を一閃させた。しばらくしてこちらに向き直り——。

「とまあ、こんな風にやるであります」

「待て、神器を召喚できてないぞ？」

「……」

フェイは無言だった。無言で視線を逸らした。

「おかしいでありますね？　ロバート殿と戦った時はできたでありますが……」

「状況が違うからじゃないか？」

「そういえば……」

ティリアの言葉にフェイはハッとしたような表情を浮かべた。

「思い当たる節があるんだな？」

「あの時、クロノ様に勝てと言われたであります」

「つまり、クロノに対する愛が必要ということか」

「いや、あの時は――」

「それならできそうだ」

ティリアはフェイの言葉を遮って立ち上がった。腰だめに木剣を構える。

「皇女殿下、あの時は――」

「大丈夫だ。私ほどクロノを愛している人間はいない」

ティリアは静かに目を閉じた。クロノのことを意識する。初夜のことや拘束されたこと、何杯も香茶を勧められたことが脳裏を過る。

「おのれ！　神器召喚・抜剣ッ！」

ティリアは裂帛の気合いと共に木剣を一閃させた。だが、何も起きない。

「おかしいな？」

「皇女殿下、あの時は極限状態だったであります」

「それを先に言え」

「聞いてくれなかったのは皇女殿下であります」

「ぐぬッ……」

フェイが拗ねたように言い、ティリアは呻いた。

「ところで、皇女殿下はどうして成長したいのでありますか？」

「ケイロン伯爵に勝つためだ。頭を踏ん付けられた屈辱はヤツの頭を踏ん付けて初めて晴らすことができる」

「なるほど、陰ながら応援しているであります」

「表立って応援してくれないのか？」

「私はクロノ様の騎士でありますから」

「分かった。自分で何とかする」

フェイが鼻息も荒く言い、ティリアは深々と溜息を吐いた。その時――。

「二人とも何をしてるの？」

呑気な声が響いた。クロノの声だ。声のした方を見ると、クロノが近づいてくる所だった。立ち止まり、こちらに視線を向ける。

「ティリア、お疲れ様」

「ふッ、蛮刀狼退治など私の手に掛かれば赤子の手を捻るようなものだ」

「あれ？　退治したのはエリルだって聞いたけど？」

「待て待て！　私も退治したぞ！」

「そうなの？」

「ぐぬッ、サルドメリク子爵め！」

クロノがきょとんとした顔で言い、ティリアは歯噛みした。確かにティリアは一匹しか蛮刀狼を退治していないが、それにしても功績を独り占めするとは貴族の風上にも置けないヤツだ。

「ところで、何か用でありますか？」

「仕事が一段落したから鍛錬をと思って」

「なら私が付き合ってやろう」

「え〜、ティリアが？」

ティリアが木剣を一振りして言うと、クロノは嫌そうな顔をした。

「不満か⁉」

「いや、だって、ティリアって手加減が下手そうだし」

「それはフェイも一緒だろ⁉」

「ふッ、いつのことを言っているのでありますか」

フェイはずいっと足を踏み出し、誇らしげに胸を張った。

「我が弟子への稽古を通じて、もはや私の手加減の腕前はプロの領域に達しているであります！　活殺自在どころか、骨折・打撲・擦過傷自在であります！」

「それは素晴らしい」

「そうでありますか」

ティリアの言葉にフェイは照れ臭そうに笑った。

「だが、今日は私が相手をする。クロノに木剣を渡せ」

「は～いであります」

フェイは渋々という感じでクロノに木剣を手渡すと木箱に座った。クロノは如何にも気乗りしなそうな態度でティリアの正面に移動した。

「なんで、ティリアと……」

「どれくらい強くなったか確かめてやる」

「そんなに強くなってないよ」

「刻印術を習得しただろ？」

「そうだけど……」

「分かった。お前が勝ったら何でも言うことを聞いてやろう」

「それって――」

「ま、まあ、そういうことだ」

ティリアは顔を背けつつ言った。

「よし！　やる気が出てきたぞ！　刻印術は使ってもＯＫ？」

「好きにしろ」

ティリアはうんざりした気分で答えた。早まったかと思ったが、もう遅い。それに、勝てばいいのだ勝てば。クロノが嬉しそうに木剣を構える。

「もう始めていい？」

「好きにしろ」

ちょっとだけうんざりした気分で答えると、クロノは刻印を浮かび上がらせた。思わず目を見開く。切り札は最後まで取っておくタイプだと思ったのだが――。

「いきなりだな」

「時間制限があるから早く勝負をつけたくて」

「ならさっさと掛かってこい」

ティリアは手招きしたが、クロノは木剣を構えたまま動こうとしない。攻めてこないのならば都合がいい。神威術・活性で身体能力を底上げし、神衣で防御力を強化する。これでクロノの勝ち目はかなり薄くなった。いや、そう考えるのは早計か。相手は死線を潜り抜けてきた歴戦の勇士だ。侮るなんてとんでもない。自分が格下のつもりで挑まなければ敗北は必至だ。

気を引き締めて木剣を構える。にもかかわらずクロノはまだ動かない。自分から攻めるべきかと考えたその時、あることに気付いた。クロノがわずかに移動していたのだ。すぐに意図を理解する。夕陽を背にするつもりなのだ。策に乗るべきかと考え、自分が格下のつもりで挑むと決意したばかりではないかと思い直す。となれば先手必勝だ。

「悪いが、お前の――ッ！」

ティリアは足を踏み出し、息を呑んだ。足が地面に沈み込んだのだ。慌てて足下を見ると、足首までクロノの影に呑み込まれていた。しまった。まんまと策に、いや、最初から二段構えの策だったに違いない。だというのに策を一つ見抜いただけで安堵してしまった。挽回できるか？　と顔を上げると、クロノが間近に迫っていた。カン！　と甲高い音が響く。木剣がぶつかり合う音だ。クロノを見ると、刻印が消えていた。

「はい！　僕の勝ちッ！」

「待て！　まだ勝負はついてないぞッ！」

ティリアは地面――クロノが刻印を消したら地面に埋まった状態になったのだ――から足を抜いて叫んだ。

「いいえ、僕の勝ちです！」

「審判！」

ティリアは審判――フェイに向かって叫んだ。彼女はきょとんとしている。

「私は審判ではないでありますよ？」

「見ていたんだからジャッジくらいできるだろ？」

「う～ん、そうでありますね」

フェイは腕を組み、難しそうに眉根を寄せた。

「フェイ、公平なジャッジを頼むね？」

「――ッ！」

クロノが声を掛けると、フェイはハッとしたような表情を浮かべた。

「……皇女殿下の負けであります」

「何処が公平なジャッジだ！」

フェイが顔を背けて言い、ティリアは声を荒らげた。クロノを睨み付ける。

「さては、買収したな⁉」

「そんなことはしていません」

クロノは軽く肩を竦めただけだ。今度はフェイを睨み付ける。

「フェイ、公平なジャッジをしろ」

「こ、公平なジャッジでありますよ？」

「なら私の目を見て言え！」

「分かったであります！」

フェイは真顔でティリアを見つめた。そして――。

「忖度は罪ではないであります！」

「真顔で言うことかッ！」

ティリアは地面を踏み鳴らした。

「クロノ！　もう一勝負だッ！」

「嫌でござる」

ティリアが詰め寄ると、クロノがそっぽを向いた。

「何故だ⁉」

「次にやったら敗北必至でござる。それでは、失礼するでござる」

「待て、失礼するな」

クロノが歩き出し、ティリアはその後を追った。何度も再戦をお願いしたが、クロノは最後まで首を縦に振らなかった。

※

夜——ティリアは扉の前で立ち止まった。クロノの部屋の扉だ。ドアノブを捻り、そっと扉を開ける。すると、クロノが机に向かっていた。

「クロノ、入るぞ」

「いらっしゃ……」

ティリアが静かに部屋に入ると、クロノが振り返った。最初は嬉しそうな表情を浮かべていたが、ティリアを見るとがっかりしたような表情になった。理由は分かっている。シーツに包まっているからだ。

「なんで、シーツを？」

「恥ずかしいんだから仕方がないだろ！」

クロノが呻くように言い、ティリアは声を荒らげた。後ろ手に扉を閉める。ホッと息を吐くと、視線を感じた。顔を上げると、クロノが見ていた。期待に満ちた目だ。

「ぐッ、この変態め」

「ありがとう。最高の誉め言葉だよ」

「誉めてない！」

「……」

ティリアは声を荒らげたが、クロノは無言だった。無言で食い入るようにこちらを見ている。唇を噛み締め、シーツを脱ぎ捨てる。どうして、何でも言うことを聞いてやるなんて言ってしまったのだろう。こんな下着同然の格好でヘッドドレスを付けることになると分かっていたらあんなこと言わなかったのに――。

「……ティリア」

「ぐッ、分かってる」

ティリアはしずしずと歩み寄り、クロノの足下に跪いた。

「はい、ご挨拶」

「だ、だ、旦那様、ティリアをお呼び下さってありがとうございます」

「もう少し気持ちを込めて欲しかったんだけど……」

ぐぬッ、とティリアは拳を握り締めた。殴ってやりたい。だが、ここで殴ったら約束を守れない女だと思われてしまう。再戦のチャンスが潰える。

「ティ、ティリアがた、たた、たっぷりとご奉仕させて頂きます」

「顔が赤いよ？　恥ずかしいの？」

「怒ってるんだ！　とにかく、奉仕するッ！　いいな⁉」

ティリアは声を荒らげ、クロノにご奉仕すべく手を伸ばした。

第四章『三人寄れば――』

帝国暦四三一年九月 中旬 朝――エリルは夢を見ていた。サルドメリク子爵に引き取られた日の夢だ。その日、両親はエリルを着飾らせてくれた。まるでお姫様みたいよ、と母親は言った。あくまで喩えだ。そもそも、母親はお姫様なんてものを見たことがないだろうし、平民に買える程度の服と髪飾りでお姫様になれる訳もない。

しかし、両親は自分達にできる精一杯をしてくれたはずだ。貴族に娘を売った罪悪感からではなく、愛情からだったと信じたい。あの時、自分はどう返しただろう。残念ながら昔のことすぎて覚えていない。笑ってお礼を言えていればいいなと思う。もう会うことはないのだ。せめて思い出だけは美しくあって欲しい。

そんなことを考えながら目を開けると、視界が滲んでいた。昔の夢を見て、感傷的な気分になったからではない。眼鏡を掛けていないからだ。天井を見上げたままサイドテーブルに手を伸ばす。冷たいものが指先に触れる。眼鏡のフレームだ。感触を頼りに眼鏡を手に取って掛ける。すると、滲んでいた視界が補正された。初めて眼鏡を掛けた時は世界が明るくなったと感じたものだが、その感動は失われて久しい。

　エリルは体を起こしてベッドから下りた。シンプルなデザインのネグリジェを脱ぎ、サイドテーブルの上に置かれていた軍服に着替える。

　ぐぅという音が響く。お腹の鳴る音だ。食堂に行かなければならない。部屋を出て、廊下を進み、開け放たれた扉の前で立ち止まる。中を覗き込むと、円錐状のテントが張られていた。スーの部屋だ。

　スーの姿はない。一足早く食堂に行っているか、原生林に薬草を採りに行っているのだろう。帝国の中でルー族として生きる。それが彼女の目標だ。エリルの生活サイクルと合わない部分はあるが、スノウに借りた金を返せる程度に露店で儲けているようだし、新しい環境に上手く適応できているのではないかという気がする。

　適応といえば皇女殿下もだ。エラキス侯爵領への道中、彼女は塞ぎがちだった。ケイロン伯爵の嫌がらせも影響していたと思うが、感情の機微に疎いことを自覚しているエリルにも分かったくらいだから相当なものだ。エラキス侯爵領に着いてからも奇矯な行動が目立ち、残念な結果になるかも知れないと心配していたのだが——。

　結果からいえばエリルの心配は杞憂に終わった。いや、予想の斜め上をいく結果となったというべきか。皇女殿下はエラキス侯爵と性的な関係を結び、タガが外れたようになった。晴れの日は剣術の稽古をするかエルフの双子を連れて露店を巡るかし、雨の日は本を読み、夜伽の順番を決める話し合いでは褐色の肌のハーフエルフと本気になって言い争っている。

監視対象が残念な結果にならなかったのは喜ばしいことだ。だが、もうちょっとしおらしくして欲しいとも思う。皇位継承権を奪われて放逐された皇女が元気一杯に過ごしていると報告するのは抵抗があるのだ。かといって嘘を書くこともできない。自分の評価はひどいことになっているに違いない。まあ、それはさておき——。

スーも、皇女殿下も現状に適応している。二人を見ていると、もっと積極的に身の振り方を考えるべきではないかという気になる。技術者として身を立てるにはどうすればいいのか考えていると、ぐぅ～という音が響いた。またお腹が鳴ったのだ。

まず朝食を摂るべき、とエリルは足を踏み出した。廊下を通り、階段を下り、また廊下に出て食堂に向かう。運動していないせいだろう。臑が張っている。それでも、途中で立ち止まることなく食堂に辿り着く。

食堂に入り、ちょっとだけがっかりする。芳ばしい匂いが漂っているにもかかわらずテーブルに誰もいなかったのだ。いつも全員で食事を摂る訳ではないが、一人だけ先に食事を摂るのは難しい。どれほど空腹であってもだ。

「……残念」

「おや、エリルちゃんじゃないか」

エリルがぼそっと呟くと、声を掛けられた。女将の声だ。声のした方を見ると、女将が食堂と厨房を繋ぐ扉から出てくる所だった。残念ながら何も持っていない。彼女はエリルの前までやって来ると立ち止まった。

「今日は早いんだね」

「……そうでもない」

「まったく、クロノ様にもちっとは見習って欲しいもんだよ」

女将はぼやくように言って溜息を吐いた。口調はちょっと厳しめだが、決してそれだけではない。何というか、優しさのようなものを感じさせる。

「……スーは部屋にいなかった」

「ああ、知ってるよ。薬草を採りに行くってんで、弁当を作ってやったからね」

「……弁当を」

ごくり、とエリルは喉を鳴らした。女将の料理は美味しい。美味しい料理を自分のタイミングで食べられる。今日ほどスーを羨ましいと思ったことはない。ぐぅ～という音が響く。またしてもお腹が鳴ったのだ。

ははッ、と女将は笑い、エリルの頭を撫でた。子ども扱いしないで欲しいが、決して不快ではない。むしろ、心地よいとさえ思う。

「もうちっと待っとくれ。ご飯は皆で食べた方が美味しいからね」

「…………承知した」

「エリルちゃんはいい子だねぇ」

かなり間を置いて頷くと、女将は頭を撫でる手に力を込めた。ふと先日――皇女殿下と話した時のことを思い出す。あの時、エリルは皇女殿下には欠けているものがあると口にした。そこには女将の料理を食べる回数を増やしたいという思いもあったが、何か欠けていると感じているのも事実だ。何が違うのだろう、とエリルは女将の胸を見た。

「どうしたんだい？　あたしの胸を見て」

「……女将の胸は大きい」

「うん？　まあ、それなりにね」

女将は胸に手を当てて言った。困惑しているようだ。エリルは足を踏み出し、女将の胸に顔を埋めた。柔らかく、温かい。あまりの心地よさに寝入ってしまいそう――いけないいけない。意識が遠くなりかけ、エリルは慌てて女将から離れた。

「いきなりどうしたんだい？」

「……データを収集していた」

「データ？」

　女将は不思議そうに首を傾げた。

「なんだ、母親の胸が恋しくなったのかと思っちまったよ」

「……母親はいない」

「そいつは悪いことを言っちまったね」

「……いい。気にしてない」

　女将が気まずそうに頭を掻き、エリルは首を左右に振った。罪悪感を覚える。母親がいないというのは嘘だ。いや、正しくは『サルドメリク子爵家に引き取られた後、家族がどうなったか知らない』だ。

「それで、データは取れたのかい？」

「……女将のデータは取れた。だが、もっとサンプルが必要」

「他の人にはちゃんと断りを入れるんだよ？」

「…………承知した」

　エリルはかなり間を置いて頷いた。女将の言うことはもっともだ。本人の了承なく胸に触るのは礼を欠いた行為だ。そんなことを考えていると――。

「朝っぱらから見つめ合って何をしているんだ？」

皇女殿下が入ってきた。エリルは皇女殿下に向き直った。何処か呆れたような顔をしている。胸を見つめる。すると、皇女殿下は胸を庇うように両腕を交差させた。

「何処を見ているんだ？」

「……皇女殿下の胸を見ていた。データ収集のために胸を触らせて欲しい」

「断る」

皇女殿下は即答した。そう、とエリルは肩を落とした。

「減るもんじゃなし、別に触らせてやってもいいじゃないか」

「嫌だ」

皇女殿下が即答すると、女将はやれやれと言わんばかりに肩を竦めた。エリルも同じ気持ちだ。これではどれだけデータを集めても正確な答えを導き出せない。

「……仕方がない。データが圧倒的に不足しているが、気付いたことを報告する」

「報告？　何を言ってるんだ？」

皇女殿下は不思議そうに首を傾げた。以前、話した内容を忘れてしまったのだろう。

「……以前、皇女殿下には足りないものがあると言った」

「ああ、そういえばそんなことを言ってたな」

エリルの説明を聞いて、皇女殿下はようやく思い出せたようだ。

「それで、私に何が足りていないんだ？」

皇女殿下はずいっと足を踏み出した。足りない所はないと言わんばかりに胸を張っている。そういう所ではないかと思わないでもない。

「……皇女殿下には母性が足りない」

「母性⁉」

皇女殿下が素っ頓狂な声で言い、エリルは頷いた。

「い、いや、私はまだ子どもがいないし――」

「その考えは誤り」

「――ッ！」

エリルがすかさず言うと、皇女殿下は息を呑んだ。

「なんだ、タイムラグなしで喋れたんだな」

「……私は普通に喋れる」

「だったら、どうして普通に喋らないんだ？」

エリルがムッとして言うと、皇女殿下は不思議そうに首を傾げた。

「……軽々しく言葉を発するべきではないとサルドメリク子爵に言われた」

「父親の命令ということか。だが、お前が家督を継いでいるんだから命令を守らなくてもいいんじゃないか？」

「……サルドメリク子爵の命令ではあるが、私は彼の言葉が正しいと考えている。だから、ちゃんと考えて言葉を発するようにしている」

「ふむ、そういうものか」

皇女殿下は今一つ納得していないようだったが、それ以上は突っ込んでこなかった。

「……話を戻す。皇女殿下には母性が足りない」

「だから、それはまだ子どもが――」

「子どもは関係ない」

エリルは皇女殿下の言葉を遮り、女将に視線を向けた。

「……女将にも子どもはいない。にもかかわらず、皇女殿下にない母性を備えている。つまり、母性に子どもの有無は関係ない」

「ぼ、母性なんてなくても……。私はまだ若い！」

「あたしだってまだ二十歳そこそこだよ！」

皇女殿下が大声で主張すると、女将は大声で言い返した。

「私の方が若いのは事実だ！　それに、私の方が胸は大きい！　張りもあるッ！　母性なんてなくても私の勝ちは揺るがないッ！」

「は⁉　そりゃ、聞き捨てならないね」

「事実だ」

　プライドを傷付けられたのだろうか。女将がずいっと前に出ると、皇女殿下も負けじと歩み出た。二組の双球が接触し、その柔らかさを証明するように形を変える。緊張が高まる。エリルは固唾を呑んで勝負の行方を見守る。その時――。

「……二人とも何をしてるの？」

　タイミングがいいのか悪いのかエラキス侯爵が食堂に入ってきた。

「丁度いい。クロノに勝敗を決めてもらおうじゃないか」

「か、構やしないよ」

　嫌な予感がしたのだろう。だが、敗北を認めることもできず、女将は口籠もりながら応じた。二人はエラキス侯爵に向き直り――。

「どっちだ⁉」

「どっちだい⁉」

　大声で叫んだ。エラキス侯爵は二人の剣幕に押されて後退る。

「いや、どっちって言われても……」

「……エラキス侯爵、二人はどちらの胸が勝っているかで言い争っている」

簡単に状況を説明するが、エラキス侯爵は困惑しているかのような顔をしている。

「おっぱいに優劣はないと──」

ドンッという音がエラキス侯爵の言葉を遮った。皇女殿下が床を踏み鳴らしたのだ。ただ踏み鳴らしたのではない。神威術で身体能力を強化した上でだ。白黒付けなければ収まらないと判断したのだろう。エラキス侯爵は背筋を伸ばした。

「えっと、大きさは……」

エラキス侯爵は何かを持ち上げるように手を上下させた。恐らく、記憶を呼び起こして胸の大きさを比べているのだろう。

「女将の方が大きい印象です」

「どうだい？　あたしの勝ちだよ」

「ぐぬッ……」

女将が勝ち誇ったように言い、皇女殿下は口惜しそうに呻いた。エリルもこれで勝負はついたと思ったが──。けど、とエラキス侯爵が続ける。

「スケール比はティリアの方が……」

「どうだ！　私の勝ちだッ！」

「大きさはあたしが勝ってるんだよ！」

皇女殿下が胸を張り、女将が胸を持ち上げるように腕を組んだ。

「でも、大きさならシオンさんも……。あと形ならアリッサか」

「「――――ッ！」」

エラキス侯爵がぶつぶつと呟き、皇女殿下と女将は息を呑んだ。気持ちは分かる。自分達だけで争っていたつもりが、伏兵が存在していたのだ。

「まあ、でも、基本的におっぱいに優劣はないと思うんだ。小さなおっぱいには夢が、大きなおっぱいには幸せが詰まってる。手の届くおっぱいも、手の届かないおっぱいも素晴らしいことに変わりはない。それでも、優劣を決めたいなら……」

「「決めたいなら？」」

皇女殿下と女将はごくりと喉を鳴らした。

「色々と試さないと。たとえば、コスプレしたり――――」

「ま～た、その話かい」

女将がうんざりしたように言うと、ふんという音が響いた。皇女殿下が鼻で笑ったのだ。笑われたことに気付いたのだろう。女将が皇女殿下に視線を向ける。

「何だい？　その態度は？」

「コスプレ如き で可愛いものだと思ったんだ」

「まさか……」

「想像に任せる」

皇女殿下は髪を掻き上げ、勝ち誇ったように胸を張った。

「まあ、私の胸はお前と違って大きいだけじゃないということだ」

「ふ、ふん、姫様にできることはあたしにだってできるんだよ」

女将、とエラキス侯爵が視線を向ける。

「や、やってやろうじゃないか。コスプレくらい。簡単なもんさ」

「約束したからね？」

「あ、ああ、分かってるよ。今度、コスプレしてやるから楽しみにしてな」

エラキス侯爵が念を押すと、女将は上擦った声で言った。

「ティリアも色々と試させてくれるでＯＫ？」

「は？　私はもう色々と試させてやっただろ？」

「いや、ご奉仕とかあまりしてもらってないなって……」

「ぐぬッ……」

皇女殿下が口惜しげに呻き、ふんという音が響く。今度は女将が鼻で笑ったのだ。

「何だ、その態度は？」

「姫様はご奉仕もできないのかと思ったんだよ。ま、あたしは姫様よりちょいと大きな胸でご奉仕してやってるけどね」

「ふん、私にだって奉仕くらいできる」

「またご奉仕してくれるということでＯＫ？」

「もちろんだ。楽しみにしておけ」

エラキス侯爵の問いかけに皇女殿下は不敵に微笑んだ。

「じゃあ、勝負はお預けということで……。ご飯にしようか？」

「ああ、分かった」

「すぐに用意するよ」

皇女殿下はテーブルに、女将は食堂と厨房を繋ぐ扉に向かった。皇女殿下は席に着くと深い溜息を吐いた。皇女殿下と女将の争いだったはずなのにエラキス侯爵が利することになった。深い溜息を吐くのも当然という気がする。エラキス侯爵は伊達に修羅場を潜っていない、とエリルは皇女殿下の隣に座った。

※

食事が終わり――。

「……ごちそうさま」

「ごちそうさまでした」

「お粗末さん」

エリルとエラキス侯爵が手を合わせて言うと、女将は立ち上がって皿を重ね始めた。皇女殿下はといえば優雅に香茶を飲んでいる。女将は手を止め――。

「姫様、何か言うことはないのかい？」

「ん？　美味かったぞ」

女将が腰に手を当てて言うと、皇女殿下は短く答えた。

「はいはい、姫様はそういう人だよ」

ふん、と女将は鼻を鳴らして再び皿を重ね始めた。先程より音が大きい。気分を害してしまったようだ。それに気付いたのだろう。皇女殿下が口を開く。

「野趣に富んでて美味かったぞ」

「野趣⁉」

女将は驚いたように目を見開いた。ちなみに今日の朝食はパンと白身魚のスープ、香草ムニエル、サラダというメニューだった。

「……皇女殿下、野趣とは自然で素朴な趣き、あるいは洗練されていないという意味」

「知ってるぞ」

そう言って、皇女殿下は不思議そうに首を傾げた。

「……女将の料理は手が込んでいてとても美味しい。それを野趣に富んでいるというのはとても冒涜的なこと」

「エリルちゃんはいい子だねぇ。それに比べて……」

「悪い子で悪かったな」

女将が責めるような視線を向けると、皇女殿下は拗ねたように唇を尖らせた。

「……皇女殿下は言葉の選択を間違えている。もっと慎重に選ぶべき」

「まったくだよ」

「……」

皇女殿下は無言だった。無言で香茶を飲み干して立ち上がる。

「食べたばかりなのに買い食いかい？　そんな食ってばかりだと太るよ」

「剣術の稽古だ」

皇女殿下はムッとしたように言って食堂を出ていった。エリルはカップを手に取って口元に運んだ。冷たく、爽やかな味わいだ。温かな香茶も悪くないが、肉や魚を食べた後の水出し香茶は格別だ。カップをテーブルに置き、居住まいを正して斜向かいに座るエラキス侯爵に視線を向ける。

「……エラキス侯爵、折り入って相談がある」

「どんな相談？」

エリルが切り出すと、エラキス侯爵はこちらに体を向けた。

「……技術者として雇って欲しい」

「どういう風の吹き回し？」

「……元々、身の振り方を考えなければならない時期が来たと感じていた。だが、そんなに急がなくてもいいとも考えていた」

「急ぐ理由ができたってこと？」

「……スーが今の生活に適応しつつあるのを見て、私も動いた方がいいのではないかと考えるようになった。不安になったと言い換えてもいい」

エリルは素直に答えた。皇女殿下でさえ今の生活に適応しているのにという思いもあったが、これは伏せておく。

「ふ～ん、でも、どうしてうちなの？」

「………好き」

エリルがぼそっと呟くと、ガシャンという音が響いた。女将が皿を落としたのだ。

「嘘は吐かなくていいから」

「……おかしい。エラキス侯爵は女好きのはず」

「子どもに手を出すのはちょっと」

「……私は子どもではない。それに、スーはエラキス侯爵の嫁と聞いた」

「そうなんだけど、もうちょっと育ってからじゃないと」

エラキス侯爵はごにょごにょと言った。小さなおっぱいには夢が詰まっていると言っていたが、スーのおっぱいはおっぱいでないということだろうか。

「……つまり、私のおっぱいもおっぱいではない？」

「いや、おっぱいだよ。エリルのおっぱいも、スーのおっぱいも立派なおっぱいだ。だけど、二人のおっぱいは僕にとって罪深いんだ」

「……よく分からないが、おっぱいは奥が深い」

「そう、奥が深いんだ」

エラキス侯爵が神妙な面持ちで頷き、エリルは指先で自分の胸に触れた。エラキス侯爵ほどの人物がおっぱいは奥が深いと言うのならばそんな気がしてくる。

「なに、馬鹿なことを言い合ってるんだい」

「いや、僕達は真剣におっぱいについて語り合ってたんだ」

ねぇ？　とエラキス侯爵は視線を向けてきた。

「……少なくとも不真面目ではなかった。私には理解できないが、恐らくエラキス侯爵にとっておっぱいは深遠な意味を持っていると思われる」

「クロノ様が変なことを言うから影響されちまったじゃないか」

「別の僕のせいじゃ……。ごめんなさい」

エラキス侯爵は口籠もり、謝罪の言葉を口にした。女将が睨み付けたからだ。

「食堂の掃除もしなきゃいけないんだからとっとと話を済ませちまっておくれよ」

「……はい」

女将が乱暴に皿を重ねながら言い、エラキス侯爵はやや間を置いて頷いた。

「で、どうしてうちなの？」

「……私にはコネがない」

「旧貴族なのに？」

「……それは偏見。コネや財産のない旧貴族もいる」

「それもそうだね」

エラキス侯爵が納得したように頷き、エリルは内心胸を撫で下ろした。理由を聞かれたらどうしようかと少しだけ心配だったのだ。

「……だから、雇って欲しい」

「何ができるの？」

「……魔術式の開発とマジックアイテムの製造が可能」

「条件は？」

「ちょいとクロノ様。こんなに小さい子が頼ってるんだよ。雇ってやりなよ」

エラキス侯爵が条件を尋ねると、女将が割って入ってきた。

「いや、でも、技術者として雇って欲しいって言うし。それに、子どもだからって甘やかすのは部下も納得しないと思うんだよ」

「そりゃそうだけど、もうちっと手心ってもんを――」

「女将の気持ちは嬉しい。けど、エラキス侯爵の言うことはもっとも」

エリルは女将の言葉を遮って言った。

「いいのかい？」

「……構わない」

女将が気遣わしげに言い、エリルは頷いた。

「改めて聞くけど、条件は？」

「月給金貨三枚以上、衣食住は今の待遇を維持、予算の制限は設けないで欲しい」

「「……」」

エリルが条件を提示すると、エラキス侯爵と女将は押し黙った。

「衣食住に関しては問題ないけど、他の二つはちょっと……」

「……厳しい？」

「まず予算無制限は無理だし、月給金貨三枚以上ってのも。衣食住はこっちで面倒を見るんだし、月給金貨二枚くらいにならない？」

「……月給金貨二枚」

エリルは鸚鵡返しに呟き、女将に視線を向けた。できれば月給金貨三枚欲しいが、女将の料理を食べられることを考えると妥協していいかなという気になる。

「……分かった。月給金貨二枚で構わない」

「あと予算についてだけど、相場がよく分からないんだよね」

「……ドワーフはどうしてる？」

「ゴルディの工房では年間の予算を決めて、オーバーしそうなら追加申請してもらう形式を取ってるよ」

「……私は難しい？」

「相場が分からないからね。その都度、申請してもらうのはどう？」

「…………分かった」

エリルはかなり間を置いて頷いた。随分と譲歩させられてしまった。だが、ラマル五世が生きていた頃とは違うのだ。仕方がない。

「雇用条件はこれでいいとして、実際にマジックアイテムを作ってくれないかな？」

「……それが採用試験？」

うん、とエラキス侯爵は頷いた。

「……何を作ればいい？」

「通信用マジックアイテムでいい？」

「……構わない」

「よかった」

エラキス侯爵はホッと息を吐いた。そういえば彼は兵士に通信用マジックアイテムを持たせていた。多分、量産してやりたいことがあるのだろう。

「……いつまでに作ればいい？」

「できるだけ早く」

「……承知した」

エリルはイスから立ち上がり、食堂から出た。しばらくして材料費について話していなかったことに気付いた。立ち止まり、肩越しに食堂を見る。材料費を出して欲しいと言えばエラキス侯爵は出してくれるだろう。だが――。

「……条件が悪くなるかも知れない」

ぼそっと呟く。なんだかんだとエラキス侯爵は有能な男だ。そんな彼が材料費について失念することがあるだろうか。有り得ない。材料費の工面も採用試験の評価基準になっていると考えるべきだ。だが、マジックアイテムを作るには硬度のある鉱物――ガラス、もしくは宝石が必要になる。ガラスは自由都市国家群から輸入しなければならないし、宝石は当然のことながら高価だ。

「……討伐報酬を残しておけばよかった」

エリルは溜息を吐き、再び歩き出した。廊下を通り、エントランスホールを抜け、玄関に向かう。玄関から出ると、カーン、カーンという音が聞こえた。槌を打つ音だ。どうやらドワーフ達が働き始めているようだ。ドワーフの工房ではガラスや宝石を扱っていないが、万が一ということもある。駄目元で近づく。工房の前で立ち止まると――。

「おや、どうかされましたかな?」

ドワーフ――ゴルディが近づいてきた。

「……ガラス、もしくは宝石を探している」

「申し訳ありませんが、うちの工房では扱っておりませんな」

エリルが用件を伝えると、ゴルディは申し訳なさそうに頭を掻いた。駄目で元々と考えていたが、ちょっとだけ残念に思う。

「……残念。では、私は行く」

「力になれずに申し訳ありませんな」

「……気にしなくてもよい」

エリルは軽く頭を下げ、歩き出した。

※

エリルは商業区の途中で足を止めた。運動していないせいだろう。臑が痛い。前傾になって臑を撫でる。痛みが和らいだので体を起こして歩き出す。まだ違和感があるが、運動不足が原因なのでどうしようもない。我慢して歩く。しばらくして芳ばしい匂いが漂ってきた。広場が近いのだ。さらに足を動かすと、視界が開けた。広場に出たのだ。まだまだ昼まで間があるというのに数多くの露店が並んでいる。

　広場に足を踏み入れ、きょろきょろと周囲を見回しながら進む。もちろん、食べるものを探している訳ではない。スーを探しているのだ。

「……いた」

　スーの店を発見し、足を止める。店といっても地面にござを敷いただけだ。周囲の店と比べて格段に見窄らしい。エリルが客ならば利用を躊躇うだろう。にもかかわらず客——フードを目深に被った女性の姿があった。女性客はスーから小さな紙袋を受け取ると代金を支払い、足早に去っていった。今なら声を掛けても大丈夫だろう。そう考えて足を踏み出した次の瞬間——。

「何をしてるの？」

「——ッ！」

　背後から声を掛けられた。あまりに突然の出来事だったので、びくっとしてしまう。肩越しに背後を見ると、スノウが立っていた。軍服姿ではない。私服だ。シンプルなデザインのシャツとスカートを身に着けている。

「……新しい服」

「ああ、これ？　いいでしょ？　シナー貿易組合で買ったんだよ」

スノウはくるりとその場で一回転する。

「どうかな？　ハシェルは治安がいいからスカートを穿いてみたんだけど……」

「……よく似合っている」

「ありがと。ところで、エリルは何をしてるの？」

「……スーに会いに来た」

「そうなんだ」

スノウは意外そうな表情を浮かべた。

「……意外？」

「うん、エリルってあんまりそういうの好きじゃなさそうだから」

「……確かに人付き合いは苦手」

エリルは不本意ながら認めた。嫌みったらしい口調で言われたのなら反論したが、邪気のない口調で言われたら認めざるを得ない。

「行こう！」

そう言って、スノウはエリルの手を取って駆け出した。もっとも、スーの店は目と鼻の先だ。あっという間に辿り着く。スーはござの上に胡座を組んで座っていた。エリル達が立ち止まると、こちらを見上げた。

「何？」

「エリルが――」

「待つ。客、来た」

スーが言葉を遮ると、スノウは気分を害した風でもなく脇に退いた。入れ替わるようにフードを被った女が前に出る。先程の女性客とは別人のようだ。

「どの薬、欲しい？」

「あ、あの……」

スーが問いかけるが、女性客は恥ずかしそうにもじもじしている。ちらちらとこちらを見ていることから大っぴらにしにくい内容だと分かる。それに気付いたのだろう。スーが手招きをすると、女性客は跪いた。身を乗り出してスーの耳元で何事かを囁く。

スーはござの上に置かれた壺に手を伸ばし、小さな紙袋を取り出した。女性客は震える手で小さな紙袋を手に取り、代金――銀貨一枚を差し出した。

「薬、一摘まみ、焚く」

「一摘まみ？」

「一摘まみ。焚きすぎ、よくない。命、関わる。理解したか？」

「はい、分かりました」

女性客は立ち上がり、そそくさと立ち去った。スノウは女性客を目で追い――。

「今の人、何を買ったの？」

「元気、なる、薬」

「でも、元気そうだったよ？」

「元気、ない、旦那」

精力剤のことだろうか？　と思ったが、口にはしない。女性客の秘密を暴露する訳にはいかないし、精力剤が何なのか尋ねられても困る。

「そうなんだ。元気になるといいね」

「元気、なる」

スーは力強く頷き、銀貨を壺に投げ入れた。かなり儲かっているのだろう。銀貨のぶつかり合う音が響く。期待が膨らむ。

「客、いない。用、言え」

「えっと、エリルがスーに会いに来たんだって」

「……話があって来た」

エリルが前に出ると、スノウが手を放した。ようやく自由になれた。膝を折り、スーに視線を向ける。大事な用件だと察してくれたのだろう。スーが居住まいを正す。

「用、言え」

「……お金を貸して欲しい」

「あれ？　クロノ様の依頼を受けてお金をもらったんじゃないの？」

どうして、知っているのだろう？　とエリルはスノウに視線を向けた。ふとエルフの双子――アリデッドとデネブの姿が脳裏を過る。あの二人ならばべらべらと喋りそうだ。

「……使った」

「使ったって、大金だったんでしょ？」

「……大金ではない。本を三冊買ったらなくなった」

「少しくらい残しておけばよかったのに」

「……私もそう思う」

スノウの言葉にエリルは頷いた。だが、あの時は本が必要だと思ったのだ。

「でも、どうしてお金が必要なの？」

「……説明する。実は――」

スノウに理由を問われ、エリルはこれまでの経緯を簡単に説明した。

「クロノ様なら材料費くらい出してくれるんじゃないかな？」

「スノウは甘い」

「そうかな？」

エリルがすかさず言うと、スノウは困ったような表情を浮かべた。

「……エラキス侯爵は有能な軍人で領主。材料費のことを忘れるなんて考えられない」

「確かにすごい人だと思うけど、うっかりすることもあると思うよ？」

「……スノウは一兵卒だから仕方がない」

「クロノ、すごい。おれ、知ってる。先のこと、考えてる」

エリルの言葉にスーが同意する。

「……スーは分かってる」

「当然、おれ、クロノの嫁」

むふ、とスーは得意げに小鼻を膨らませた。

「まあ、クロノ様のことはいいや。とにかく、エリルはマジックアイテムを作るために宝石が必要ってことでいい？」

「……そのためにお金を借りに来た」

スノウが気を取り直したように言い、エリルは頷いた。

「いくら、いる？」

「待って！」

スーが壺に手を伸ばした次の瞬間、スノウが待ったを掛けた。

「……これは私とスーの問題。スノウが介入すべきではない」

「友達が損しそうなんだよ？　普通は止めるよ」

スノウはムッとしたように言った。

「……スーは損しない」

「じゃあ、聞くけど、どうやってスーにお金を返すつもりなの？」

「……雇ってもらった後、材料費として精算する」

「雇ってもらえないかも知れないでしょ？　それに、予算は必要なものを買う時に申請するんだから精算できないかも知れないし、材料費を工面する所から試験なら借金は減点対象になるかも知れないよ？」

「……」

スノウが捲し立てるように言い、エリルは押し黙った。もっともな意見だ。だが、どうしてだろう。ムカッとするのは。

「……どうすればいい？」

「クロノ様に事情を説明して材料費をもらうのが一番だと思う」

「……減点対象になる」

「仕方がないよ。材料費を工面できないのは本当のことなんだもん」

むぅ、とエリルは呻いた。彼女の意見はもっともだ。正直にいえば自分の無能を曝すような真似はしたくない。だが、このままでは自身のプライドを優先して必要な報告を怠ったと思われてしまう。仕方がない。エラキス侯爵に材料費を支給して欲しいとお願いしよう。また条件が悪くなると思うが、これが正当な評価と諦めるしかない。その時――。

「三人とも、何をしているんだ？」

声が響いた。聞き慣れた声だ。振り返ると、皇女殿下がソーセージの刺さった串を持って立っていた。買い食いの最中にエリル達の姿を見つけて寄ってきたのだろう。

「……皇女殿下こそ、何をしている？」

「私は視察の最中だ」

そう言って、皇女殿下はソーセージに齧りついた。美味しそうに顔を綻ばせる。

「……用がないなら放っておいて欲しい」

「どうして、苛々しているんだ？」

「……答える義務はない」

「エリル、そういう言い方はないと思うよ」

エリルが素っ気なく応じると、スノウは責めるように言って皇女殿下に視線を向けた。

「ふむ、そういうことか」

スノウが事情を説明すると、皇女殿下は合点がいったとばかりに頷いた。残っていたソーセージを頬張り、串をゴミ箱に捨てる。

「皇女殿下は、その、どう思いますか？」

「うむ、クロノはそこまで考えてないと思うぞ」

スノウがおずおずと尋ねると、皇女殿下は鷹揚に答えた。

「ほら～、ボクの言った通りじゃない」

「……それは皇女殿下の意見にすぎない」

「もう！　頑固なんだから」

そう言って、スノウは不満そうに唇を尖らせた。

「とりあえず、お前達が宝石を買おうとしているのは分かった」

だが、と皇女殿下はスーに視線を向けた。

「そこの――スーはマジックアイテムを作れるのだろう？　宝石を持っていないのか？」

「実は――」

「――ッ！」

エリルは息を呑んだ。うっかりしていた。スーは呪医――マジックアイテムの製造者なのだ。宝石を持っていても不思議ではない。期待して視線を向けるが――。

「おれ、粘土、使う」

「……粘土では硬度が足りない」

　エリルは小さく溜息を吐いた。帝国とルー族では魔術の体系が違うようだ。

「ふむ、ルー族の手法は使えない訳か」

「……エラキス侯爵に材料費をもらってくる」

「まあ、待て」

　皇女殿下に呼び止められる。だが、エリルは構わずに立ち上がって歩き出した。すると、
皇女殿下が回り込んで行く手を遮った。

「……退いて欲しい」

「どうして、私のアイディアを聞こうとしないんだ？」

「……大したアイディアとは思えない」

「失礼だな、お前は！」

　エリルが正直な気持ちを口にすると、皇女殿下は声を荒らげた。

「……では、失礼する」

「失礼するな！」

脇を擦り抜けようとするが、皇女殿下に阻まれる。その時、スノウがやって来た。

「エリル、話を聞いてみようよ。もしかしたら、すごいアイディアかも知れないよ」

「『もしかしたら』は余計だ」

「──ッ！　ごめんなさい」

皇女殿下がムッとしたように言うと、スノウは首を竦めた。

「……分かった。聞くだけ聞く」

「本当に失礼なヤツだな。まあ、いい。要は宝石なら何でもいいんだろう？」

「……何でもいい訳ではない。ちゃんとしたマジックアイテムを作るには大きさも必要」

「お前がちゃんとしたマジックアイテムを作りたいのは分かった。だが、クロノはちゃんとしたマジックアイテムを作れとは言っていないのだろう？　だったら、最低限の機能を備えたものでいいじゃないか」

「……それは屁理屈」

「屁理屈も理屈の内だ。クロノに文句を言われたら急いで作ったと言えばいい」

「……」

エリルは反論できなかった。皇女殿下は揚げ足取りをしているようなものだ。だが、堂々と言われると、その理屈で押し切れそうな気がしてくる。

「……一理ある」

「じゃあ、付いて来い」

皇女殿下が顎をしゃくって歩き出し、エリルは慌てて後を追った。どういう訳か、スノウも付いて来る。スーは――。

「おれ、店、ある」

「……承知した」

「頑張ってね」

言葉を交わし、皇女殿下の後に続く。皇女殿下に先導されて辿り付いたのは占いの露店だった。テーブルを挟んだ向こう側に黒いローブに身を包んだ女が座っている。

「店主、宝石を見せてくれ」

「宝石じゃなくてパワーストーンです」

店主――女占い師はムッとしたように言い、テーブルの下から箱を取り出した。厚みのない平らな箱だ。女占い師はもったいぶるように箱を開けた。箱の中から現れたのは色とりどりの宝石だ。女占い師は危険物でも取り扱うように無色透明の宝石を手に取った。

「これなる石は――」

「玉滴石だな。火山の近くでよく採れる。宝石としての価値はない」

「ぐッ……」

皇女殿下が説明すると、女占い師は口惜しそうに呻いた。

「皇女殿下、その、お仕事の邪魔をしない方がいいと思います」

「この女は願いの叶う石と称してクズ宝石を売りつけているんだ。問題ない」

スノウがおずおずと言うが、皇女殿下は悪びれた様子がない。女占い師が恨めしそうな目で見る。視線に気付いたのだろう。皇女殿下は女占い師を見る。

「ふん、そんな目で見ても無駄だぞ。地獄に落ちると言われても何の痛痒も感じん」

「不幸になれ」

「ぐぬッ……」

女占い師が低い声で言うと、皇女殿下は苦しげに呻いた。何の痛痒も感じないと言っていたのにしっかり効いている。

「……そのパワーストーンを二つ売って欲しい」

「銀貨一枚」

「……高い。銅貨一枚」

「……」

女占い師は無言で蓋を閉じようとした。

「待った」

　エリルが声を上げると、女占い師はぴたりと動きを止めた。

「……無料にしてくれたら照明用のマジックアイテムを作る」

「そんなことを言っていいのか？」

「……私は技術者」

　皇女殿下の問いかけに淡々と答える。どう？　と首を傾げると、女占い師は箱の蓋を机の上に置いた。取りなさいと言うように顎をしゃくる。エリルは玉滴石を二つ手に取ってポケットにしまった。

「……ありがとう。魔術式を付与するパワーストーンが欲しい」

「……」

　女占い師は無言で肩を竦めた。好きなものを使えということだろう。エリルは一番大きなパワーストーンに触れた。

「……仮想人格起動」

　エリルがぼそっと呟くと、視界が暗くなった。視界の左上に記号化された巻物のようなものが表示される。

「術式目録開示、術式選択・魔術付与、付与術式選択・照明」

最初の巻物が開き、そこに記された項目を選ぶたびに新たな巻物が開く。視界の半分が巻物によって埋まる。これは現実の光景ではない。仮想人格が脳内で行われている処理を翻訳して表示しているのだ。

「設定完了——術式解凍」

今度は巻物が閉じていく。最後の巻物が閉じ、魔術式が滝のように視界を落ちる。魔術式が消え、パワーストーンに光が灯る。成功だ。これでこのパワーストーンは照明用マジックアイテムになった。

「明かりよ」

エリルが呟くと、光が消える。照明用マジックアイテムを手に取って差し出すと、女占い師は小さく頷いてローブの袂に入れた。

「ふ～ん、簡単に作れるものなんだな」

「口で言うほど簡単ではない」

エリルがぴしゃりと言うと、皇女殿下は顔を顰めた。しまったと思うが、本当に簡単ではないのだ。仮想人格が完成するまでに何十人もの子どもが死んでいる。サルドメリク子爵は意識容量不足と言っていたが、原因は無駄な演算を求める魔術式だ。

サルドメリク子爵のことを思い出す。彼と一緒にいたのはわずかな期間だったが、それでも分かることはある。彼は変わり者だった。女にも、男にも興味を持たず、魔術式の開発に没頭した。そんな彼の考えた究極の魔術が仮想人格――リアルタイムで魔術式を書き換える魔術だ。

施術が成功した時、彼は大いに喜んだ。そして、自分の作品に愛着が湧いたのか、実験の助手にするつもりだったのか分からないが、エリルに教育を施した。普通の感性があればそんな真似をしないだろう。だが、彼は変わり者だった。それはエリルにとっては僥倖だった。魔術式のせいで頭痛に悩まされていたのだ。頭痛から解放されるためには魔術式を改良するしかなかった。

エリルが頭痛から解放された日、サルドメリク子爵は首を吊って死んだ。恐らく、原因は魔術式のミスを指摘したことだろう。時々、彼は一手間を惜しんだとしか言いようのないミスをすることがあった。当時はそう思い込んでいたのだが、今にしてみればあれは彼の限界だったのだろう。そうと知らずに指摘し、死に追いやってしまった。

「おい、行くぞ」

「――ッ！」

不意に皇女殿下に肩を掴まれてびくっとする。

「なに、ボケッとしているんだ？」

「……皇女殿下はもっと考えてから言葉を発するべき」

「何だと⁉」

「……迂闊な一言で人が死ぬ」

エリルは小さく溜息を吐き、皇女殿下に背を向けて歩き出した。ラマル五世とはえらい違いだと思う。彼は言葉の恐ろしさを知っていた。まったく、惜しい人を亡くした。彼が存命ならば閑職に追いやられたとて身の振り方など考えなかったものを。

※

昼――エリルが食堂に入ると、エラキス侯爵が席に着いていた。珍しいこともあるものだ。静かに歩み寄り、テーブルの上に玉滴石で作った通信用マジックアイテムを置く。

「もう作ったんだ」

「……急いで作った」

エラキス侯爵が驚いたように言い、エリルは胸を張った。

「どうやって使うの？」

「……一方に話し掛けると、もう一方から聞こえる」

「分かった」

そう言って、エラキス侯爵は通信用マジックアイテムの一方を口元に、もう一方を耳元に近づけた。あ～、あ～、と声を出す。

「うん、聞こえるね」

「……合否は？」

「合格。採用するよ」

エラキス侯爵が通信用マジックアイテムをテーブルに置き、エリルは胸を撫で下ろした。

「……感謝する。だが、聞きたいことがある。どうして、採用試験で通信用マジックアイテムを作らせたのか教えて欲しい」

「ああ、そのことね。大した理由じゃないんだけど、ハシェルとシルバートンってかなり離れてるでしょ？　各種申請をするのにわざわざ来てもらうのも申し訳ないから近い内にシルバートンに代官所を置こうと思って」

「……当然の発想」

ハシェル・シルバートン間を往復したらそれだけで一日が終わってしまう。シルバートンに代官所を置くのは当然の発想だ。

「でも、代官を立てても権限外のことだと僕と遣り取りをしなきゃいけないでしょ？　だから、通信網——この場合は線だから通信線かな？　まあ、とにかく、通信用マジックアイテムでハシェル・シルバートン間を結びたいなって」

「——ッ！」

エリルは息を呑んだ。通信用マジックアイテムは収集品——珍しい玩具として認識されている。そんなもので領主と代官が遣り取りをするなんて信じられない。あまりに突飛な発想だ。異世界から来たなんて与太話を信じてしまいそうなほどに。

「できる？」

「…………もちろん」

エリルは少し考えた末に答えた。技術的な問題はない。エラキス侯爵の財力ならば量的な問題も解決できる。あとは実現するだけだ。

「……私は面白い雇い主に出会えたかも知れない」

「断言してくれないんだ」

「……私は言葉を選んで話す。軽々しく断言しない」

不意にガチャという音が響いた。食堂と厨房を隔てる扉が開いた音だ。当然、扉を開けたのは女将だ。彼女はすぐにエリルに気付いた。

「おや、エリルちゃん。悪いね。まだできてないんだよ」

「待ってる」

エリルはエラキス侯爵の斜向かいの席に着いた。どんな通信用マジックアイテムにするのか考えるだけでわくわくする。こうなってみると、皇女殿下の監視役を命じられてよかったかなと思う。

第五章『騎士達の宴』

帝国暦四三一年九月下旬夜――照明用マジックアイテムが白々と箱馬車の内部を照らしている。リオは窓枠を支えに頬杖を突き、窓の外に視線を向けた。そこには書き割りか影絵のように木々が立ち並んでいる。アルデミラン宮殿が近いのだ。そうでなければ木々が等間隔に並んでいるはずがない。といってもアルデミラン宮殿の周囲に広がる庭園は広大だ。到着するまで猶予がある。

リオは溜息を吐き、ガラスに映った自分を見つめた。軍服を身に纏い、つまらなそうな顔をしている。当然か。何が面白くてアルフォート主催――実際に取り仕切っているのはアルコル宰相だが――の宴に参加しなければならないのか。リオは自分が露悪的な性格だと思っているが、わざわざアルデミラン宮殿まで自分を主役だと思い込んでいる道化を見に行く趣味はないのだ。

とはいえ、第九近衛騎士団を預かる身だ。サボると爺がうるさいし、部下に肩身の狭い思いをさせる訳にもいかない。あと、何故かアルフォートに気に入られてしまったピスケ伯爵に宴に参加するようにと懇願されてもいる。流石にこれだけ理由があると屋敷でだらだらしている訳にもいかない。

「せめて、クロノがいてくれれば……」

リオはぼやいた。クロノは第十三近衛騎士団の団長に任命された。大隊の名前が変わっただけの、まさしく名ばかりの近衛騎士団長だが、それでも近衛騎士団長であることに変わりはない。にもかかわらずクロノは呼ばれていない。名ばかりの近衛騎士団長を呼ぶ必要はないと判断したのか、それとも死にそうな目に遭ったばかりのクロノを気遣ったのか。あるいはその両方だろう。

今頃、クロノは何をしているのだろう。決まっている。愛人達といちゃいちゃしているのだ。そんなことを考えながらガラスを見る。すると、そこに映った自分は拗ねたような表情を浮かべていた。

再び溜息を吐く。かつて、自分は誰にも受け入れてもらえず孤独に死んでいくのだろうと思っていた。だが、もしかしたら自分を受け入れてくれる人がいるかも知れないとわずかながら希望を抱いてもいた。何度かの失望を味わい、クロノに受け入れてもらった。身も心もだ。彼とキスしたことを思い出すだけでドキドキするし、愛撫されたことを思い出すだけで昂ぶってしまう。

望みを叶えることを幸せというのなら自分は幸せになったはずだ。だというのにクロノが自分以外の女といちゃいちゃしていると考えただけで気分がざわついてしまう。彼がそういう男だと分かっていたにもかかわらずだ。

それだけではない。今の幸せが壊れてしまうのではないか。いつかクロノに選ばれない日が来るのではないかと怯えている。さらに選ばれない日が来るくらいならいっそのこと自分で壊してしまうべきではないかとさえ考えている。

自分の思考にうんざりする。望外の幸せを得ておきながら、それを壊すことを考えているのだから。折角、幸せを得たのだ。疑わずに享受すればいい。単純なことだ。だが、そんな単純なことができない。

幸せのイメージはあるのに自分が幸せになれると信じられない。きっと、自分のような人間は幸せを得ても徹底的に疑って壊してしまうに違いない。そうして安堵するのだ。ほら、壊れてしまった。だから、本当の幸せじゃないと。

「……これも贅沢な悩みなのかな」

リオが溜息交じりに呟いた次の瞬間、箱馬車が大きく揺れた。窓の外を見ると、そこはアルデミラン宮殿だった。どうやら物思いに耽っている間に到着していたようだ。しばらくして爺が扉を開ける。

「リオ様、到着いたしました」

「分かってるよ」

爺が静かに頭を垂れ、リオは箱馬車を下りた。凝りを解すために軽くストレッチをして旧城館に向かう。扉の前には白い軍服を着た二人の男が立っていた。どちらも見覚えのある顔だ。リオが立ち止まると――。

「「ケイロン伯爵！　お疲れ様ですッ！」」

二人の男――サイモンとヒューゴはぴんと背筋を伸ばして声を張り上げた。今回は第十二近衛騎士団が警備を務めるようだ。神聖アルゴ王国に不穏な動きがあり、第二近衛騎士団がノウジ皇帝直轄領に再配置されたためだが、第十二近衛騎士団の健在をアピールするという狙いもあるはずだ。

「サイモンとヒューゴもお疲れ様。宴に参加できなくて辛いだろうけど、しっかりね」

「「はッ！」」

サイモンとヒューゴは敬礼して扉を開けた。

「「どうぞ、お入り下さい」」

「ありがとう」

リオは礼を言って旧城館に足を踏み入れた。ホールには数人の近衛騎士がいたが、リオに気付くと顔を背けた。彼らを無視して東館に向かう。ホールを抜け、廊下を通り、東館に辿り着くと、そこには女官服を着た二人の女性が立っていた。二人は恭しく頭を垂れると扉を開けた。喧噪が押し寄せる。酒の臭いもだ。

　会場では白い軍服を着た男達がテーブルに群がり、料理を食べ、酒を飲み、歓談に耽っていた。どうやら今回の宴は立食形式のようだ。微かに音楽が聞こえるが、音楽を聴いている者はいないようだ。回れ右して帰りたくなったが、そうもいかない。溜息を吐いて中に入る。すると――。

「あら、ケイロン伯爵じゃない」

「おや、ファーナ殿」

　ファーナがしずしずと歩み寄ってきた。

「今日はドレスじゃないのね？」

「ドレスを着るのはクロノの前だけにしたくてね」

　そう、とファーナはリオの言葉を軽く流した。

「貴方は来ないかと思ってたわ」

「これでも、人付き合いを大事にしている方なんだよ」

「そうだったの？　なら貴方に対する評価を改めなければいけないわね」

「悪い方に？」

「いい方によ」

ファーナがくすっと笑い、リオはしげしげと彼女を眺めた。

ファーナが着ているのは女官服ではなく、イブニングドレスだ。つまり、女官長として宴を取り仕切るために参加しているのではない。ファーナはイブニングドレスを摘み――。

「アルフォートが自分の主催する宴だからってうるさくて」

「国母というのは大変だね」

「あの子の母親が大変なのよ」

「それは不敬だよ」

「母親だもの。厳しいことも言うわ」

「そういうものかい？」

「そういうものよ」

リオとファーナはどちらからともなく笑った。

「ここじゃなんだし、移動しない？」

「そうだね。二人で大人しく壁の花になろうか」

リオはファーナと共に壁際に移動した。壁に背を預けると、女官が銀のトレイを持って近づいてきた。トレイの上にはワインの注がれたグラスがいくつも載っている。グラスを二つ手に取り、片方をファーナに渡す。

「壁の花になったボクらに」

「お近づきになりたそうにこちらを見ている殿方に」

リオとファーナは軽くグラスを打ち合わせた。グラスを口元に運び、芳醇な香りを愉しむ。唇を湿らせる程度にワインを口にする。

「そういえばケイロン伯爵はエラキス侯爵と仲がよかったのよね？」

「それがどうかしたのかい？」

「エラキス侯爵は、どうかしら？」

「この前、デートした時は元気だったよ」

「そう、よかったわ」

ファーナはホッと息を吐いた。

「どうして、ファーナ殿がクロノのことを気にするんだい？」

「迷惑を掛けっぱなしなんですもの。気にするわよ」

「まあ、そうだね」

リオはグラスを弄びながら応じた。迷惑を掛けているのはアルコル宰相とアルフォート

だが、自分は無関係と考えない所が彼女らしい。

「これからはのんびりして欲しいわ」

「しばらくじゃなくて？」

「『これからは』よ。今年に入って二度も死にそうな目に遭ってるのよ？　死ぬまでのんびりしてもバチは当たらないわ」

リオが溜息交じりに言うと、ファーナは訝しげに眉根を寄せた。

「もしかして、エラキス侯爵って野心家なの？」

「ボクもそうあって欲しいけどね」

「どうだろう？」

リオは首を傾げた。人並みに野心はあると思うが――。

「なんだかんだとクロノは誇り高い――自己犠牲を厭わない男なんだよ。だから、何かあったら真っ先に自分を犠牲にすると思う」

「ああ、そういうこと」

「せめて、もう少し腕が立てばいいんだけどね」

ファーナが合点がいったように言い、リオは軽く肩を竦めた。まあ、その時はその時で自分は強いんだからと死地に飛び込んでしまうだろうが――。

「恋人としては気が気じゃないさ」

「……そうね」

ファーナがやや間を置いて頷く。思う所があるのだろう。何とも形容しがたい表情を浮かべている。リオは心の中で翠にして流転を司る神に祈りを捧げ、指を鳴らした。音が消え、ファーナがきょろきょろと周囲を見回す。

「神威術ね」

「これでファーナ殿が何を言っているのか分からないよ」

「愚痴りたいならどうぞってことね」

「ボクなりに気を利かせたんだけど、迷惑だったかい？」

「いいえ、ありがたいわ」

ファーナはグラスに口を付け、半分ほどワインを飲んだ。

「私、子育てに失敗したみたい」

「……」

ファーナが溜息を吐くように言い、リオは黙ってそれを聞く。というか黙って聞くことしかできない。アルフォートがもう少しまともならよかったのだが――。ファーナはワインを呷り、小さく息を吐いた。

「ありがと。すっきりしたわ」

「もういいのかい？」

ええ、とファーナは頷き、正面を見つめた。つられて視線を向ける。すると、女官がこちらに近づいてくる所だった。ファーナでなければ解決できないトラブルが発生したのだろう。おちおちワインも飲めないなんて女官長は大変な仕事だ。そんなことを考えながら指を鳴らすと、音が戻った。

「じゃ、またね」

「ええ、また城でお会いしましょう」

リオが少しだけ畏まって言うと、ファーナはくすっと笑った。そして、女官のもとに向かう。リオは小さく溜息を吐き、壁に寄り掛かった。グラスを弄んでいると——。

「隣、いいかね？」

声を掛けられ、顔を上げる。すると、レオンハルトが立っていた。

「どうぞ」

「失礼するよ」

そう言って、レオンハルトはリオの隣に移動した。壁に背を預けて腕を組む。

「今日はドレスではないのだね？」

「ドレスを着るのはクロノの前だけにしておこうと思ったのさ」

「身持ちが堅くて結構なことだ」

「悪いかい？」

「いや、悪くないとも」

そう言って、レオンハルトは大仰に肩を竦めた。サマになっているが、何処かわざとらしい。いや、戯けているつもりならば問題ないか。

「今日は取り巻きを連れていないんだね」

「宴の参加者は……」

レオンハルトは言葉を句切り、視線を巡らせた。

「軍歴が長いのでね。よほどの不満がなければ私に声なんて掛けてこないさ」

「見ただけで分かるのかい？」

「人の顔と名前を覚えるのは得意な方でね」

レオンハルトは指でこめかみを叩いた。ふ～ん、とリオは相槌を打った。彼ならば全員の顔と名前を覚えていても不思議ではない。ちょっとした悪戯心が湧く。

「旧城館の門番の名前を知っているかい？」

「もちろん、覚えているとも。サイモン・アーデンとヒューゴ・エドワースだ」

おや、とリオは目を見開いた。まさか、本当に覚えているとは思わなかった。何処に接点があったのだろうと訝しんでいると、レインハルトは破顔した。

「種明かしをすると、さっき話したばかりでね」

話したばかりといえば、とレオンハルトが続ける。

「第八近衛騎士団のフィリップという青年に声を掛けられたよ」

「どんな風に声を掛けられたんだい？」

「尊敬していると言っていたよ。何でも彼に言わせると、私は騎士の中の騎士で、聖騎士の二つ名に相応しいそうだ。評価されていることはありがたいのだが、些か居心地が悪くてね。長年、神聖アルゴ王国と戦っているタウル殿や先の親征で立派に殿を務めたクロノ殿こそが真の騎士だと答えたのだが……」

「その分だと納得してもらえなかったみたいだね」

どうして、分かるのかね？　とでも言うようにレオンハルトが目を見開き、リオは苦笑した。押し問答を繰り広げる二人を想像するだけで笑いが込み上げてくる。

「それで、どうするんだい？」

「顔と名前は覚えたとも」

「そういう意味じゃないんだけどね」

リオは肩を落とした。話が噛み合わないことに脱力感を覚えるが、安心している自分もいる。というのも第八近衛騎士団は賄賂次第で誰でも入団できるため団員が弱いことで有名なのだ。さらに規律を守らないときている。もし、レオンハルトがフィリップを引き抜きたいとか、入団試験を受けさせたいとか言い出したら慌てて止めている所だ。

そんなことを考えていると、プピ～という音が響いた。音のした方を見ると、女を侍らせた男が大儀そうに体を揺らしながら近づいてくる所だった。ラマル五世と同じか、それ以上に太った男だ。頭髪は地肌が透けて見えるほど薄く、唇は厚ぼったい。第八近衛騎士団の団長で、キンザ皇帝直轄領の代官ルーカス・レサト伯爵だ。

女は幸薄そうな雰囲気を纏っているものの、美人と評してもいい顔立ちをしている。肉感的な体を卑猥なドレス――長い布の真ん中に穴を開け、そこに頭を突っ込んでベルトを締めればこんな感じになる――で包んでいる。

プピ、プピ～という音が響く。何の音だろうと首を傾げ、すぐにルーカスの鼻が鳴っていることに気付く。花笛ならぬ鼻笛だ。ルーカスはリオ達の前で立ち止まり――。

「これはこれは……」

突然、押し黙った。いや、黙ってない。ぜひぃ、ぜひぃと苦しげに呼吸をしている。その間も鼻笛が鳴っている。ぜひぜひプピプピ騒がしいことだ。

「レサト伯爵、休んだ方がよろしいのでは？」

レオンハルトが心配そうに声を掛ける。本当に、心から心配している声だ。気持ちは分かる。今にも死んでしまいそうでドキドキする。ルーカスはちょっと待ってくれと言うようにレオンハルトに手の平を向ける。しばらくして呼吸が落ち着く。

「レオンハルト殿、リオ殿、お久しぶりですな」

「お久しぶりです」

「久しぶりだね」

ようやくルーカスと挨拶(あいさつ)を交わすことができた。

「随分(ずいぶん)と体調が悪そうですが……」

「いえいえ、健康そのものですとも」

レオンハルトの言葉をルーカスは笑って否定した。どう見ても不健康そのものだが、自身の健康などどうでもいいのだろう。突然、女が身を捩(ねじ)った。何事かと見てみると、ルーカスがドレスの脇(わき)から手を突っ込んで胸を揉(も)んでいた。思わず顔を顰める。それに気付いたのだろう。ルーカスはぴしゃりと額を叩いた。もっとも、もう片方の手は女の胸を揉んだままだが――。

「この手が申し訳ありませんな～」

「そう思うんなら止めたらどうだい？」

「しかしながら、この手が勝手に動くのですよ」

ひッ、と女が声を上げる。ルーカスが胸の頂きを捻り上げたのだ。弱みを握られているのだろうか。女は黙って耐えている。

「もういいよ」

「分かって頂けて恐縮です」

リオがうんざりした気分で言うと、ルーカスは粘着質な笑みを浮かべた。最近、自分の中の女を意識させせられるせいか何とも不愉快に感じられる。ルーカスは真顔になり、レオンハルトに視線を向けた。

「レオンハルト殿は何も仰らないのですな～」

「何か言って欲しいのかね？」

「たとえばこの女ですが、税を納められぬということで身売りをしていたのです。純白にして秩序を司る神を信仰しているにもかかわらず。まあ、私が買い取ってからは私専用になっておりますが……」

「ふむ、純白神殿は婚前交渉を慎むべきと言っているが……」

「それをどう思いますかな？」

レオンハルトは女とルーカスを交互に見つめた。静かに口を開く。

「残念ながら私は彼女が困窮している時に居合わせなかった人間だよ。そんな人間が正しさを説くのは烏滸がましいと思うがね」

「……」

ルーカスは無言だ。口を閉ざして落胆しているかのような表情を浮かべている。しばらく黙り込んでいたが――。

「ああ、そういえば……」

ハッとしたように顔を上げ、再び黙り込んだ。

「いや、何でもない。それでは、失礼する」

ルーカスはドレスから手を引き抜くとリオ達に背を向けて歩き出した。女はぺこぺこと頭を下げ、ルーカスを追った。遠慮がちに擦り寄るが、ルーカスは彼女を突き放した。

「ええい！　私に擦り寄るなッ！」

「も、申し訳ございません！」

ルーカスが声を荒らげると、女はまたぺこぺこと頭を下げた。罵倒しようとしてか、ルーカスは口を開いた。だが、言葉を発することなく唇を噛み締め、俯いてしまう。女が擦り寄る。今度は突き放さなかった。ルーカスは打ちのめされたように手で顔を覆い、大儀そうに体を揺らしながら去って行った。

「『乱暴なことをするな』くらいのことは言ってやるべきだったんじゃないかな？」

「何も知らないのに口を挟むべきではないと思うが」

それに、とレオンハルトは続ける。

「ああいうことならば私の父親もやっているよ」

「だから、何も言わないか。聖騎士とは思えないね」

「私は自分で聖騎士と名乗った訳ではないよ」

「そりゃ、自分で聖騎士なんて名乗ったら痛いヤツだよ」

リオが笑いながら言うと、レオンハルトはきょとんとした顔をした。

「ならば私が何を言っても問題ないのではないかね？」

「もっともな意見だけどね。二つ名をもらった人間はそれに相応しい振る舞いをしなきゃいけないのさ」

「……難しいものだね」

レオンハルトは溜息を吐いた。沈黙が舞い降りる。喧噪は相変わらずだが、遠くの出来事のように感じられる。リオはグラスを見下ろした。ふと気配を感じて顔を上げると、柔和な顔立ちの青年が立っていた。

「二人とも何をしているんだい？」

青年は陽気に声を掛けてきた。ブラッド・ハマル――第五近衛騎士団の団長だ。騎兵のみで構成された第五近衛騎士団の団長を務めるだけあって馬術の腕前は卓越している。騎兵としての実力はレオンハルトを上回るだろう。ちなみに彼はセシリーの兄で、ハマル子爵家の次期当主だ。いや、もう家督を継いだんだったか。

「認識の齟齬に関する話をしていたのだよ、ハマル子爵」

「ハマル子爵は止めてくれ。君達の話ではないけど、まだ実感が湧かないんだ。それに領主としての仕事は母に任せていてね」

レオンハルトの言葉にブラッドは苦情じみた笑みを浮かべて応じた。どうやら、すでに家督を継いでいたようだ。

「父君はどうしてるんだい？」

「ん？　父は馬の世話をしているよ。私も母のようにしっかりとした女性を妻に迎えて馬の世話に没頭したいよ」

リオが父親のことを尋ねると、ブラッドはぼやくように言った。レオンハルトに視線を向けると、彼は困ったような笑みを浮かべて口を開いた。

「ハマル子爵領は名馬の産地でね」

「ご先祖様は初代皇帝に馬を献上して、貴族に取り立ててもらったんだよ」

レオンハルトの説明をブラッドが引き継ぐ。おや、とリオは軽く目を見開いた。貴族に列せられた経緯は盛られる傾向にあるのだが、彼は飾らないタイプのようだ。道理で悪い噂を聞かないはずだ。

「妹さんと似てないんだね」

「セシリーは母さ――じゃなかった。妹は母に、私は父に似ていると言われるよ」

「妹さんはどうしてるんだい？」

「何故、そんなことを聞くんだい？」

「軍を辞めたという話を聞いてね。好奇心ってヤツさ」

リオが理由を説明すると、ブラッドは深々と溜息を吐いた。

「もしかして、まだ戻ってないのかい？」

「いや、セシリーは実家にいるよ。それで、この前、実家に戻った時にどうして軍を辞めたのか聞いたら――」

「喧嘩になったのかい？」

「ああ、これからのことを話し合うつもりだったんだけど、『お兄様にわたくしの気持ちは分かりませんわ』と言われてしまって……」

はぁぁぁ～、とブラッドは深い深い溜息を吐いた。

「元気を出したまえ。きちんと話せばセシリー殿に誠意が伝わるはずだ」

「そうかな？」

「そうだとも」

「そうだね。またきちんと話し合ってみるよ」

ブラッドは拳を握り締めて言った。無駄だと思ったが、口にはしない。不意にブラッドがリオに視線を向ける。

「そういえばリオ殿はエラキス侯爵と親しかったね」

「それがどうかしたのかい？」

「母から聞いた話なのだけど、人の流れが変化しているようなんだ」

「人の流れが？」

「変化と言っても去年の今頃に比べて若干というレベルらしいんだけどね。うちからエラキス侯爵領に向かう商人の数が減っているそうなんだ。思い当たる節はないかい？」

「クロノは港を作ると言っていたよ。でも、港建築は大事業だ。帝都にいるのならまだしもお隣さんなのに知らないというのはおかしいね」

う～ん、とブラッドは唸った。しばらくして気まずそうに口を開く。

「母は新貴族にいい感情を持っていなくてね。それに、前のエラキス侯爵とはそれなりの付き合いがあったし……」

「それで情報収集を怠ったのか」

「恥ずかしながら」

ブラッドはバツが悪そうに頭を掻いた。クロノからセシリーに嫌われているという話を聞いたが、その理由を理解できたような気がした。レオンハルトが口を開く。

「しかし、港ができたとなると人や物の流れが完全に変わってしまうのではないかな？」

「少し前までは大勢の商人がうちの領地を通るって喜んでいたんだけどね」

ブラッドは憂鬱そうに溜息を吐いた。大勢の商人が通行税を払っていくと喜んでいた所にそれがなくなるかも知れないという話が浮上したのだ。まさに天国から地獄。溜息の一つも出るというものだ。

「いいアイディアはないかな？」

「いいアイディアはないかい、聖騎士殿？」

「私も領地経営については素人なのだがね」

リオが丸投げすると、レオンハルトは溜息交じりに言った。しかし、と続ける。

「知恵を貸すくらいはできそうだ。これは初代皇帝ラマル一世の――」

「要点だけ言っておくれよ」

リオが言葉を遮って言うと、レオンハルトは小さく溜息を吐いた。

「通行税をなくしてみてはどうだろう？」

「確かに通行税をなくせば多少は人の流れを戻せるだろうけど、税収がなくなってしまうよ。それに、エラキス侯爵が一方的に得をすることになる」

「大事なのは通行税ではなく、人と物の流れだよ。この二つが保たれていれば巻き返すチャンスは必ず巡ってくる」

はー、とリオは思わず声を上げた。気持ち的には呆れ九割、感心一割という感じだ。税収の話をしていたのに通行税をなくせと言い出すとは思わなかった。だが、一理ある。人と物の流れが止まってしまえば税収どころの騒ぎではない。

「けど、今も言った通りエラキス侯爵が一方的に得をすることになる」

「ならクロノ殿にも通行税をなくしてもらえばいい。なに、彼は話の分かる男だ。自身にも利があると判断すれば応じてくれるさ」

レオンハルトはこともなげに言った。リオは呆気に取られてしまった。それはブラッドも同じだ。ぽかんと口を開けている。

「しかし、何と切り出せば……」

「正直に人と物の流れをスムーズにするためと言えばいいと思うが」

う～ん、とブラッドは唸った。気持ちは分かる。税収が減る上、このままいくとエラキス侯爵領から人と物が流れてくるようになる。それは自領の命運を他人に握られるということだ。簡単に頷ける訳がない。

「検討するよ」

「できるだけ早く決断することを願っているよ」

「分かったよ」

皮肉とも取れるレオンハルトの言葉にブラッドは弱々しい笑みを浮かべて応じた。沈黙が舞い降りる。今度のは気まずい沈黙だ。視線を巡らせる。数メートルほど離れた所にいる近衛騎士達は楽しそうにしている。それなのに、どうして自分達はこんな気まずい思いをしなければならないのだろう。誰かこの気まずさを打ち払ってくれ。そんなことを願っていると——。

「レオンハルト様！」

可愛らしい声が響いた。声のした方を見ると、少女が駆け寄ってくる所だった。ゆったりとした衣装——青を基調とした神官服を纏った少女だ。やや遅れて妙齢の美女がやって来る。髪の長い女性だ。彼女も青を基調とした神官服に身を包んでいるが、少女と違って肉感的な体付きをしている。やや歳の離れた姉妹に見えるが、母娘だ。

少女はアイナ、妙齢の美女はナムという。ナム――ナム・コルヌ女男爵は蒼にして生命を司る女神の神官にして第十近衛騎士団の団長だ。さらに帝都の西にあるカイ皇帝直轄領の代官であり、さらにさらにカイ皇帝直轄領にある商業連合の代表者でもある。肩書きの多い女なのだ。

レオンハルトが歩み寄ると、アイナは体当たりした。いや、抱きついた。そんなに勢いよく抱きつくのはどうかと思うが、流石は聖騎士というべきか。レオンハルトは小揺るぎもせず、アイナの髪を撫でた。

「久しぶりだね、アイナ殿」

「レオンハルト様も！」

アイナがレオンハルトの隣に移動して腕を絡め、ナムが追いつく。

「アイナ、レオンハルト様を困らせてはいけませんよ」

「だって、久しぶりにお会いしたんですもの」

ナムが窘めるように言うと、アイナが不満そうに唇を尖らせた。一見すると、微笑ましい光景だ。だが、何故だろう。あざといと感じてしまうのは。

「ナム殿、腕を絡めるくらい構わないとも」

「申し訳ありません」

レオンハルトが鷹揚に言い、ナムが申し訳なさそうに頭を垂れる。

「今度お屋敷に遊びに行っていいですか？」

「アイナ、レオンハルト様は忙しい方なんですよ」

空気を読まずに、いや、空気を読んでだろうか。とにかく、可愛らしくお願いをするアイナをナムが窘める。レオンハルトが困ったように眉根を寄せる。

「申し訳ないが、宴が終わったらユスティア城の警備に戻らなければならないのでね」

「え～、駄目ですか」

アイナが不満そうに言い、レオンハルトは眉間の皺をより深いものにする。このまま押し切られてしまいそうな雰囲気だ。籠城戦の経験はないが、外堀が埋められていく光景はこんな感じだろう。

「か――」

「貴様！　もう一度、言ってみろッ！」

レオンハルトが口を開いた次の瞬間、怒声が響いた。声のした方を見ると、眼鏡を掛けた偉丈夫と赤い髪の男が睨み合っていた。眼鏡を掛けた男は第三近衛騎士団の団長アルヘナ・ディオス伯爵、赤い髪の男は第四近衛騎士団の団長ロイ・アクベンス伯爵だ。周囲にいた近衛騎士達が無言で二人から距離を取る。

当然の判断だ。二人は近衛騎士団の団長を務めるだけあって強い。いくら近衛騎士が帝国軍の最エリートとはいえ割って入れば無事では済まない。それに、そこまでして喧嘩を止めてもどうせ顔を合わせればまた喧嘩をするのだ。徹底的にやらせればしばらくは大人しくしているのではないかという気さえする。

「だからよ、折角の宴なんだから顰めっ面してねぇでもっと美味そうに酒を飲めって言ってんだよ。つか、それしか言ってねぇのに、なんでキレてんだよ？」

「それしかだと？」

「まあ、よくそんなクソお堅い性格で近衛騎士団長が務まるなとも言ったけどよ」

アルヘナが睨み付けると、ロイはうんざりしたように言った。今にも殴り合いが始まりそうな雰囲気だ。ふぅ、とレオンハルトは溜息を吐き、アイナに視線を向けた。

「二人を止めてくるよ」

「危ないです！」

「聖騎士として見過ごす訳にはいかなくてね」

「……レオンハルト様」

レオンハルトがシニカルな笑みを浮かべると、アイナは躊躇いがちに腕を放した。目が潤んでいる。ルーカスに何も言わなかったくせにどうしてここで聖騎士ぶろうとするのか。訳が分からない。ブラッドが口を開く。

「では、私もお供するよ」

「いいのかね？」

「友人を一人で行かせる訳にはいかないよ」

　ブラッドは爽やかな笑みを浮かべ、こちらに視線を向けた。

「リオ殿は？」

「無駄なことはしない主義でね」

「ならば私が……」

　リオが肩を竦めると、ナムが豊かな胸に手を当てて言った。しかし……、とブラッドが口籠もる。女性を気遣えて結構なことだ。その半分でも同僚を気遣って欲しい。

「これでも、私は神威術士の端くれです」

「端くれだなんて……」

　やはり、ブラッドが口籠もる。当然だ。神から不老の恩寵を授かった彼女を端くれなんて言ったら誰も神威術士を名乗れなくなってしまう。突然、ガチャンという音が響く。アルヘナがテーブルを叩いたのだ。

　レオンハルト、ブラッド、ナムの三人は顔を見合わせて頷いた。無言でアルヘナとロイに向かって歩き出す。三人を見送り、ふと視線を感じてアイナを見る。すると、彼女が責めるような目でリオを見ていた。

「ケイロン伯爵は行かないんですか？」

「どうして、ボクが行かなければならないんだい？」

「どうしてって……」

　リオが問い返すと、アイナは口籠もった。

「神から与えられた力を活かすべきと言いたいんだろうけど、それは君の意見で、ボクはそう考えていないんだ。そして、そんなボクから翠にして流転を司る神は神威術を取り上げようとしない。きっと、神はボクにそのままでいいと言っているんだよ」

「――ッ！」

　アイナは何かを言おうとしたが、何も言わなかった。リオを一瞥して、レオンハルト達を追う。彼女が向かった先でレオンハルト達はアルヘナとロイの仲裁をしていた。

　アルヘナは怒りが収まらぬようだったが、レオンハルトを前にして些かトーンダウンしているようだ。ロイはといえばブラッドの説得に応じて会場の隅――リオの右に移動している。どうやら争いを収められそうだ。

やれやれ、とリオは小さく溜息を吐き、グラスに口を付ける。その時――。

「リオ様、こちらにいらっしゃいましたか」

爺がやって来た。グラスを口から離すと、爺はわずかに眉根を寄せた。

「私に気を遣わなくても構いませんが？」

「別に気を遣っている訳じゃないよ」

「左様でございますか」

そう言って、爺はリオの隣に視線を向けた。

「隣に移動しても？」

「構わないよ」

「では、失礼いたします」

爺は軽く一礼してリオの隣に立った。三度目の沈黙が舞い降りる。今回のそれは心地よく感じられる。父は爺のことを、いや、祖父の代から仕える者を軒並み嫌っていた。どうして、そんなに嫌っているのか不思議でならない。

「リオ様、お耳に入れておきたいことが……」

「何かあったのかい？」

「第八近衛騎士団のフィリップを名乗る者が接触して参りました。何でもリオ様のことを尊敬しているとのことです」

ふ〜ん、とリオは相槌を打った。自分を売り込みたいのは分かるが、お世辞の内容は変えるべきではないかなと思う。

「それで、どうしたんだい？」

「リオ様と轡を並べたいと申しておりましたので、入団試験を受けるように伝えました」

「入団試験の予定は？」

「ございません」

爺はしれっと言った。

「爺のお眼鏡に適わなかったみたいだね」

「我々を利用する気が透けておりましたので。まったく、最近の若い者は――」

爺はぶつくさと文句を言い始めた。如何に現在の騎士が不甲斐ないか、如何に自分達の世代の騎士が勇猛果敢であったかを滔々と語る。言いたいことは分かる。アルコル宰相の軍制改革によって今の騎士は皇帝に対する忠誠を薄れさせつつある。もちろん、爺だって時代が変わったことを理解しているはずだが、自分達が正しいと信じた価値観を否定されたくないのだろう。だから、最近の若い者はという言葉が出てくる。

「他に接触してきた人はいなかったのかい？」

「ああ、失礼いたしました」

頃合いを見計らって声を掛けると、爺は居住まいを正した。

「第六近衛騎士団の団長ネージュ・ヒアデスの副官クリンゲ・ヘルツと第十一近衛騎士団の団長代理アンカ・バッサーマンが接触して参りました。二人ともリオ様にくれぐれもよろしくと申しておりました」

「エリルはともかく、ヒアデス伯爵は今回も欠席なんだね」

「そのようで」

爺は頷いた。第六近衛騎士団の団長ネージュ・ヒアデスの全貌は謎に包まれている。公式の場に一度も姿を現したことがないのだ。本当にいるかさえ疑わしい。

「それにしても、団長代理か」

「それがどうかなさりましたか？」

「いや、エリルもそろそろ年貢の納め時かなと思ってね」

「軍学校も出ていない少女に近衛騎士団の団長を任せることの方が問題ではないかと愚考いたしますが……」

「ボクもそう思うよ。でも、帝都からエラキス侯爵領まで一緒に旅をした仲だからね。多少は思う所があるのさ」

「……左様でございますか」

爺はやや間を開けて応じた。普段に比べると声が低い。エラキス侯爵領という言葉からクロノを連想したのだろう。

「クロノのことが嫌いかい？」

「好きではありませんが……」

爺は口籠もり、顔を背けた。答えたくないのかと思ったが、違った。爺の視線の先には老いた男がいた。白いローブのようなものを着た男だ。頭頂部が禿げ上がり、その代わりのように眉と髭が伸びている。コツ、コツと杖を突いて近づいてくる姿は古い本で目にした隠者か予言者を思わせる。第七近衛師団の団長ラルフ・リブラ伯爵だ。ラルフは爺に目もくれず、リオの前で立ち止まった。

「ケイロン伯爵、久しぶりじゃのう」

「リブラ伯爵も元気そうで」

「それだけが取り柄でな」

ラルフは髭をしごき、呵々と笑った。

「まだ隠居するつもりはないのかい？」

「儂の知恵がいつ必要とされるのか分からんのでな」

「隠居するつもりはないってことだね」

「そういうことじゃ」

ラルフは再び呵々と笑った。そろそろ後進に道を譲(ゆず)るべきだと思うが、この分だと死ぬまで軍に居座(いすわ)りそうだ。一体、何をしたいのやら。そんなことを考えていると、ラルフがわずかに体の向きを変えた。

「おや、もう行くのかい？」

「この歳になると、立っているのもしんどくての。壁(かべ)の染(し)みにでもなっておるよ」

そう言って、ラルフはリオから見て左――レオンハルト、アルヘナ、ナム、アイナのいる方に向かった。十分離れた所でチッという音が響いた。爺に視線を向けると、顔を顰(しか)めてラルフの背を睨んでいた。

「リブラ伯爵が嫌いかい？」

「ええ、もちろんです。先の内乱であの男にどんな目に遭(あ)わされたことか。先々代皇帝に重用(ちょうよう)されておりましたが――」

爺はぶつくさと文句を言った。話をまとめると、ラルフは現場の人間を見下し、犠牲(ぎせい)を前提で作戦を立てる軍師気取りのクズということになる。

「ふ～ん、そうなんだ」

「ご理解頂けて恐縮です」

「初めて聞いたよ」

「あの男の本性を知る者は少なくなっておりますので」

言われてみればという気はする。ラルフが戦ったという話を聞いたことがないし、演習で手合わせしたこともない。その上、先の内乱から三十一年が過ぎている。となれば悪い噂が風化しても不思議ではない。

「それにしても爺がそこまで言うなんて珍しいね」

「……三十一年前のことと思われるかも知れませんが、どれほど年月が過ぎ去っても許せぬことはあるものです」

爺は地の底から響くような声で言った。一体、ラルフは爺に何をしたのだろう。訝しんでいると、会場がどよめいた。正面を見ると、アルフォートがファーナとピスケ伯爵を連れて会場に入ってくる所だった。

アルコル宰相はもちろん、財務局長、軍務局長、尚書局長、宮内局長の姿はない。リオは苦笑した。アルフォートとアルコル宰相、どちらの意向かは分からない。だが、これでは仲がよくないと喧伝しているようなものだ。苦笑するしかない。

アルフォートは豪奢なマントを引き摺るようにして近衛騎士達の前——リオと会場を挟

んで正対している形になる──に立つと引き攣った笑みを浮かべた。

「よ、余に、ちゅ、忠誠を捧げる近衛騎士達と、顔を合わせることができて嬉しく思う」

捧げてないよ、とリオは心の中で突っ込んだ。近衛騎士団は皇帝直下の部隊ということになっている。相手が皇帝ならばいざ知らず、皇位を継承していないアルフォートに『余に忠誠を捧げる近衛騎士達』と言われても困ってしまう。皆、リオと同じことを考えているのか、先程までの喧噪が嘘のように会場は静まり返っている。その雰囲気に急かされるようにアルフォートは言葉を紡いだ。

「せ、先日、よ、余は！　だ、第十三近衛騎士団を設立し、エラキス侯爵を、だ、だ団長に任命した！　え、エラキス侯爵は下級貴族出身ながら、め、めめ、目覚ましい活躍を見せてくれた！　よ、余はそのことを評価したッ！」

アルフォートが言葉に詰まりながらも言い切り、近衛騎士達はざわめいた。困惑しているように感じられる。

「よ、余は、父上と同じく下賤の者であっても能力があれば重用する！」

アルフォートが力強く宣言し、近衛騎士達がどよめく。ファーナとピスケ伯爵は苦虫を噛み潰したような表情を浮かべている。新貴族は先の内乱の功労者で、クロノはアルフォートの命の恩人だ。そんな相手を下賤の者呼ばわりすれば大抵の者は顔を顰める。

「よ、余は、この国をよい国にしたい。きょ、協力してくれるか?」

アルフォートが呼びかけるが、反応はない。痛いほどの静寂が会場を支配している。ただでさえ困惑している所にとんでもない発言をしたのだ。黙り込んでも仕方がない。ようやく会場の雰囲気に気付いたのか、アルフォートがピスケ伯爵に視線を向ける。頬がひくひくと痙攣している。私に振るなという気持ちが伝わってくるようだ。ピスケ伯爵は咳払いをし、悲愴な表情で前に出る。そして――。

「アルフォート殿下、万歳ッ!」

やけっぱち気味に両手を高々と上げた。会場は相変わらず静まり返っているが――。

「アルフォート殿下、万歳! アルフォート殿下、万歳ッ! アルフォート殿下――」

ピスケ伯爵は必死に万歳を繰り返した。気の毒で見ていられない。可哀想だ。その時だ。

万歳、と誰かが呟いた。

「アルフォート殿下、万歳! アルフォート殿下、万歳ッ! アルフォート殿下――」

ピスケ伯爵がさらに声を張り上げると、少しずつ呟きが増えていった。いつしかその声は会場を揺るがす大歓声に変わった。

「……リオ様?」

「ボクは何もしてないよ」

爺が怪訝そうな表情を浮かべ、リオは首を横に振った。神威術で手助けしてやろうと思ったのは事実だが、まだ何もしていない。正真正銘、あれはピスケ伯爵の力だ。というか、皆あまりの痛々しさに協力せざるを得なかったのだ。騎士の情けである。

ピスケ伯爵は人の情けに触れて今にも泣きそうな顔をしているが、アルフォートはご満悦だ。自分が支持されたと感じているのだろう。

「調子に乗って悪さをしなきゃいいけど……」

リオは小さく呟き、ワインを呷った。

終章 『箱』

深夜――ファーナはアルフィルク城に戻ると、アルコル宰相の執務室に向かった。執務室の前で立ち止まり、扉を叩く。だが、返事はない。いつものことだ。それでも、不愉快に感じる。あんなことがあった後ならば尚更だ。扉を開けて中に入ると、アルコル宰相は机に向かっていた。すぐにこちらに気づき、視線を向けてくる。

「宴の会場で何かあったようだな」

「……言いたくないわ」

ファーナは扉を閉め、壁に寄り掛かった。ややあって、アルコル宰相が再び口を開く。

「殿下がまた何か言ったのだろう?」

「会場にいなかったのによく分かるわね」

「これでも、儂には知り合いが多いのでな」

くくッ、とアルコル宰相は喉を鳴らした。恐らく、アルフォートが何を言ったのかも知っているに違いない。いけ好かない爺さんだが、文句を言う訳にもいかない。アルフォートが宴を開きたいと言った時、アルコル宰相はまだ早いと止めたのだ。にもかかわらずアルフォートは宴を強行した。

「ピスケ伯爵のお陰で何とか乗り切ったけど……」

「自分の補佐役にしたいと言い出したか？」

「その通りよ」

　アルコル宰相の言葉にファーナは顔を顰めて答えた。どうして、あんなに考えなしなのだろう。新貴族のみならず命の恩人まで蔑ろにしたのだ。もうアルフォートが近衛騎士から真の忠誠を得ることはないだろう。近づいてくるのは下心のある者だけだ。その時、ファーナは机の上に平らな木箱があることに気付いた。歩み寄って木箱を見下ろすと――。

「それはエラキス侯爵に贈る軍服だ」

「開けても？」

「構わんよ」

　ファーナは木箱の蓋を開け、アルコル宰相に視線を向けた。

「いいの？」

「亜人も着ることになるからと反対意見が多くてな。その代わりと言ってはなんだが、エラキス侯爵の要望は叶えられそうだ」

ふ～ん、とファーナは相槌を打って蓋を閉じた。軍服の件を譲歩する代わりにエラキス侯爵の要望を呑ませたということだろう。

「あとは誰に運ばせるかだ」

「まだ決めてないの？」

「推薦したい者がいるのならば聞くが……」

「だったら――」

ファーナはある人物の名前を口にした。彼ならば問題ないはずだ。

あとがき

このたびは「クロの戦記9　異世界転移した僕が最強なのはベッドの上だけのようです」をご購入頂き、誠にありがとうございます。今まさに書店であとがきをご覧になっている方は勇気を出してレジにお持ち頂ければと思います。

はい、という訳で9巻です。つまり、次が10巻ということですね。何を当たり前のことをと言われるかも知れませんが、2桁台に突入となると感慨深いです。遠くまで来たな～という感じがします。もっとも、エンディングはずっと先なので、これからも皆さんに楽しんで頂けるように頑張りたいと思います。

さて、すでに帯をご覧になって気付いている方もいらっしゃるかと思いますが、レイラさんの抱き枕カバーの発売が決定しました！　なんだってーッ!?　はい、レイラさんの抱き枕カバー発売決定です。大事なことなので二度言いました。これも応援して下さる皆様のお陰です。感謝！　感激!!　雨あられですッ!!　詳細については公式HPをご覧になって頂ければと思います。特典SSを書かせて頂いたので、こちらも楽しんで頂けると嬉しいです。

続きまして9巻の内容になります。9巻は2巻ぶりにティリアの登場となります。久しぶりの登場だけあって、ティリア無双――いえ、クロノに言い様にやられているので無双という感じではないですが、活躍していることは間違いありません。

もちろん、ティリアだけではなく、クロノが南辺境に行っていたためにスポットライトが当たらなかったアリデッド、デネブ、シオン、エレインの出番もございます。スノウ、スー、エリルの出番も増やしました。今回もがっつり加筆・修正していますが、ティリアとアリデッド、デネブの掛け合いは書いてて楽しかったです。

加筆・修正した部分といえばティリアと女将のおっぱい相撲――本当におっぱい相撲という名前でいいのか分かりませんが、おっぱい相撲とします――もそうですね。おっぱい相撲には思い入れがあります。

昔、ある週刊誌で見た時、衝撃を受けました。少年誌でこんなことをやるなんて、作者は神に違いないと思いました。それほどのインパクトだったのです。これは流行ると思いましたが、残念ながらそんなことはありませんでした。おっぱい相撲を流行らせたいという思いがあった訳ではありませんが、ティリアと女将におっぱい相撲をやってもらいました。クロノとエリルのおっぱい談義も楽しく書かせて頂きました。

しかし、創作は楽しいことばかりではありません。悩んだこともありました。執筆の下準備としてＷＥＢ版を読み直していた時に「あれ？　この数字、何処から出てきたんだっけ？」と。頑張って資料を探したのですが、どうしても探し出すことができず、手元にある資料をベースに新しい数字を考えました。「あれは何処から拾ってきた数字なのだろう」と今も首を傾げております。あとはシオンさんのイラストですね。Ｍ字開脚にするか、露出度の高いドレス姿のどちらをプッシュするかで大いに悩みました。

では、ここからは謝辞を。応援して下さる皆様、ありがとうございます。皆様のお陰で9巻を発売することができ、レイラさん抱き枕カバーの発売も決定しました。

担当Ｓ様、いつも的確なアドバイスをありがとうございます。エレインの描写で悩む所があったので、アドバイスを頂けてよかったです。むつみまさと先生、いつも素敵なイラストをありがとうございます。セクシーなイラスト盛り沢山で嬉しいです。

最後に報告です。2月26日に発売となった漫画版「クロの戦記　異世界転移した僕が最強なのはベッドの上だけのようです（３）」が重版しました。1、2、3巻と重版が掛かり、感無量であります。ありがたやーッ!!　これからも楽しんで頂けるように頑張っていきますので、小説版・漫画版共にお引き立ての程よろしくお願いいたします。

港が完成し領地経営も軌道に乗り出したクロノの下に、
帝都からレイラ達に士爵位を与えるという書簡が届けられる。
クロノは帝国が部下の功績を認めてくれたことを喜び、
叙爵式を行う決意をするが、

2022年秋、発売予定!!

エラキス侯爵領は繁忙期――
徴税の時期を迎えていて――
果たして、昼も夜も大忙しなクロノは
無事に叙爵式を行うことができるのか。

亜人のレイラ達がついに叙爵の栄誉にあずかる!?

クロの戦記10

異世界転移した僕が最強なのはベッドの上だけのようです

https://firecross.jp/

クロの戦記9
異世界転移した僕が最強なのはベッドの上だけのようです

2022年5月1日　初版発行

著者――サイトウアユム

発行者―松下大介
発行所―株式会社ホビージャパン

〒151-0053
東京都渋谷区代々木2-15-8
電話　03(5304)7604（編集）
　　　03(5304)9112（営業）

印刷所――大日本印刷株式会社

装丁――木村デザイン・ラボ／株式会社エストール

ISBN978-4-7986-2822-6　C0193